지친 줄도 모르고
지쳐 가고 있다면

작가의 말

눈을 비비고 하루를 시작할 때

채우지 못한 일부에 대해서는

원망 않기로 했습니다

잠들기 전에는 반죽음이라고 생각했는데

일어나 보니 그것 또한 반삶이었어요

Prologue

선택하지 않았는데 태어났고, 살아왔다. 예상치 못한 일들이 숱하게 일어났지만 모두 어쩔 수 없는 일이었다. 나와는 아무 상관 없이도 사건은 곧잘 일어났기 때문에.

사랑은 찾아왔고 불현듯 떠났다. 여러 날 반짝이기도 했으며 이별이란 과도에 찔렸을 때 갑자기 음악은 꺼졌다. 열렬히 살다가도 무기력에 발을 절기도 했고, 어떤 날은 아무렇지 않게 보통을 살았다.

영겁으로 출렁이는 파도 속. 나는 미리 각오하기로 했다. 어떤 일이든 일어날 수 있다고. 아무것도 예단하지 말자고. 다만 무슨 일이든 받아들이는 마음으로 살아가자고.

Contents

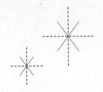

II 착한 것만으론 무엇도 될 수 없어서

III 이해할 수 없는 것들의 망망대해

IV 오래 믿는다면 그것이 현실이 될 테니까

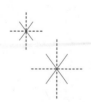

I

삶이 언제 바라던 대로만 흘렀던가

그래도
내일을
살아야겠지

초저녁. 창밖으로 주홍 노을이 부드럽게 이글거린
다. 나는 다 식어버린 커피를 들고 창밖을 응시하고 있다.
괜히 뭉클해진다. 오늘 하루도 지나가는구나. 감정에 빈틈
이 부쩍 생긴다. 열심히 살고자 하는 열의마저도 헐거워지
는 시간.

무슨 부귀영화를 누리겠다고….

해가 지고 오래도록 어두워진다. 나는 노을을 보며 멍하
니 지나친, 그 찰나가 삶의 전부인 것도 같다고 새벽 일기
에 적었다. 적어도 죽은 뒤에 노을을 볼 일은 없을 테니까.
죽는다면 헝클어진 삶조차 주어지지 않을 것이다.

파리한 나의 손끝과 심야 버스를 기다리는 사람. 내가
애정하는 시인은 전했다. 여행자가 아닌, 마치 심부름꾼처

럼 우리는 너무 서둘러 지나쳐 왔다고. 후회 섞인 그의 태도가 얼마나 소중한지 나는 늦게나마 실감한다. 그리고 이내 결심한다.

매번 혼자여도 새 하루가 붉어지면 거듭거듭 털고 일어서자고.

세상을
애정하고 싶은
마음으로

　　잘 견디고 감내하다가도 버티지 못해 무너지는 날
이 있다. 웅이는 그런 날 차라리 일찍 잠들어 버리는 게 좋
다고 했다. 세상이 원래 그런 거니까 누구의 탓도 아니라
고. 나는 그의 무책임한 말을 믿고 싶었다. 그래, 자책만큼
영혼을 갉아먹는 것도 없으니까 차라리 잠을 더 오래 자는
게 낫겠다. 음악을 가늘게 틀어 두고 잘 준비를 한다. 잠들
기 직전의 평화를 음악으로 표현했다는 오카와리의 플라
워 댄스는 자정 넘은 시간에 듣기 알맞다. 선율에 섬세하
게 집중하다 보면 스르륵 잠에 들게 되겠지. 세상이 무릇
아름답지만은 않지만, 아름답지 않은 세상을 애정하고 싶
은 마음으로 눈을 감는다. 천천히, 또다시 천천히.

다시
움트는
초록

    사는 게 마음 먹은 대로 된다면 그것은 순전히 운의 영역이지 계획이나 노력의 영역은 아니다. 치밀한 계획을 세우고 노력해도 실패할 여지는 얼마든지 있다. 강물은 흘러 정해진 바다에 도착하지만 삶은 그렇지 않기 때문. 처음 결심한 곳과 완전히 다른 곳에 다다르기도 하고 불쑥 나타난 운명이 우리를 낭떠러지로 이끌기도 한다. 이때 우리는 한껏 유연해져야겠다. 그럴 수도 있지, 하고 끄덕여 넘기는 것. 실패는 끝없는 추락을 의미하는 것이 아니다. 그저 한 시절 가녀린 낙화다. 떨어져 떨어져 우리 쌓인 곳에 다시 움트는 초록이 있을 거라고 나는 아주 믿고 있다.

잘 살아
내자는
마음

유치원 일기처럼 운을 띄워보자면 오늘은 동네에서 화덕 피자를 먹었다. 베이컨과 버섯이 들어간 피자였다. 반쯤 남긴 건 종이 포장에 담았다. 소화시킬 겸 건너편 공원을 걷는 동안 초가을은 산들거렸고 조금 들뜬 기분이었다. 다만 얕게 외로워서 먼 곳에 있는 사람과 통화를 하고 싶었다. 지나고 보면 웃고 울었던 날들이 별반 차이가 없게 느껴졌다.

오늘은 쓸모 이상으로 텐션을 높이고 싶지 않았다. 자랑 거리를 만들고 그것을 자랑하고 싶지도 않았다. 다만 맛있는 걸 먹고, 글을 쓰고, 산책을 하는 일상을 오래 지켜 내고 싶었다. 특별한 하루를 만들기보다는 매일의 평범한 일상을 잘 살아 내자는 마음. 내일도 끼니를 챙기고 공원을 걷고, 글을 쓸 테니 나는 무척 잘 살아 내고 있다, 그렇게 믿으며.

달광선

내게 삶은 여전히 선부름이다
늘 서두르다 서툴러지는 사람
매일이 세상의 가장 첫날처럼

골든
타임

자, 나를 중심으로 원형을 만들어 봐.

우리는 선생님이 주문한 대로 책상을 끼익 끼익 끌어다 원을 만들었다. 판옵티콘처럼 중앙에서 우리를 감독할 수 있는 대형이었다. 강의실 문에 달린 사각 창으로 보면 누가 봐도 시험을 치르고 있구나, 짐작했을 것이다. 그날은 학원에서 듣기 평가를 보는 날이었다. 그렇게 제대로 평가를 보는 건 내겐 처음 있는 일이어서 그랬는지 많이 긴장했던 기억이 있다.

라디오를 통해 설명이 나오는 동안 시험지를 훑었다. 예상보다 어렵지 않다고 생각하면서 1번 문제를 가벼운 마음으로 청취했는데 웬걸. 첫 문제부터 완전히 놓쳐 버렸다. 두 선택지 중에 답이 무엇인지 고민하는 새에 2번 문제가 나왔고, 이어서 3번 문제가 지나가는데도 1번 답을 골몰하

지친 줄도 모르고 지쳐 가고 있다면

고 있었다. 나의 우물쭈물을 눈치챈 선생님의 작고 다급한
외침.

놓친 거 보지 말고 지금 문제를 풀어!

하지만 나는 그러지 못했고, 첫 문제뿐만 아니라 그 페이
지 전체를 다 틀리고 말았다. 선생님은 놓친 문제를 포기
하는 편이 낫다고 시험 전에 경고까지 해주었지만… 말처
럼 쉽지 않았다. 하기야 그런 식으로 첫 문제를 맞혔다 한
들 다음 문제들을 제대로 풀었을 리 없다. 하나도 틀리지
않겠다는 열의가 오히려 전체 시험을 망쳐 버린 경우다.

완벽해지고 싶은 마음을 가지면 삶이 더욱 피로해진다.
과연 완벽이란 것이 가능하긴 한 걸까. 나는 그렇지 않다
고 믿고 있다. 인생은 누구에게나 처음 주어지는 것이어서
매번 서툴 수밖에 없다. 작게 실수하고 때로 크게 실패하
더라도 잘못된 게 아니다. 그르친 일을 마음에 담아두지
않고 나아가는 시도를 계속하는 자세를 우리는 가져야 한
다.

이미 지나간 것은 지나간 대로 의미가 있을 테니 다음
문제를 집중해서 풀 준비를 해야지 않을까. 시험은 망치더

라도 다음 기회가 있지만 인생은 어떤가. 딱 한 번밖에 주어지지 않는다. 인생길이 빈틈없이 완전할 수는 없을 테니 개의치 않고 걸어가자.

오늘을 살기에는 바로 오늘이 골든 타임이다.

지친 줄도 모르고 지쳐 가고 있다면

가뿐하게
살아가기

꼭 잘 쓰려고 마음 먹으면 연필심이 부러진다. 먼
산 보듯 조금 더 가벼워 져야지. 애써도 안 되는 일은 제쳐
두고 어찌할 수 없는 일에는 신경을 끄고.

당신에게 가장 중요한 때는 현재이며

당신에게 가장 중요한 일은

지금 하고 있는 일이며

당신에게 가장 중요한 사람은

지금 만나고 있는 사람이다

_ 레프 톨스토이 *Lev Nikolayevich Tolstoy*

카나리아

모든 미래가 오늘의 치명적 오역이라고
시인은 적었다
우리에겐 유예할 수 없는
지금 이 순간만이 있는 거라고
말하고 싶었던 것 같다

우리가 조금씩 죽어 가듯이
세상도 매일 멸망하고 있으므로
오직 너의 정면으로 살라고
다만 타인의 그림자를 따르지 말라고
나는 말하고 싶다

췌장에 암을 얻고부터
괴팍해졌다는 창원의 당신은

지친 줄도 모르고 지쳐 가고 있다면

더이상 아무것도 참고 싶지 않다고 했다
지금까지 착하게만, 남을 위해서만 살아왔다고
나는 당신이 오늘을 잘 번역하고 있다,
그리 생각했다 돌아오는 서울행 기차에서

우리 아버지도 비슷한 말을 했던 것 같다
당장 어디로든 갈 수 있는 사람이 되어라
그래요 아버지 그러기 위해서는
지금 이 순간만을 위해 살아야겠죠
저도 더는 후회 없고 싶어요

별보다
별처럼

저 무수한 별과 지구의 수많은 생명체가
끝내 모두 소멸하는 것이라면
평생이 청춘인 것처럼
후회 없이 살고 싶다

지친 줄도 모르고 지쳐 가고 있다면

죽기 직전에
지금 이 순간을
후회할까?

　　선택할 때 반드시 지키는 두 가지가 있다. 먼저
몽롱한 아침에는 무엇도 결심하지 않는다. 정신이 말끔한
저녁이나 늦은 새벽이 되어서야 고민을 거듭해 본다. 평일
이라면 되도록 주말까지 결정을 미룬다. 고민하기 좋은 시
간대를 찾은 다음엔 더 중요한 일이 있다. 스스로에게 질
문해 보는 것이다. 죽기 직전에 이 결정을 떠올리면 후회할
까? 이 질문은 우리 삶의 한가운데로 밀착해 들어가고, 그
곳으로부터 흘러나오는 것은 순수한 진심이자 본질이다.
심연에서 찾은 답을 토대로 삶을 설계하면 적어도 병상에
누운, 죽기 직전의 내가 후회하는 일은 막을 수 있을 것이
다. 요즘 부쩍 글을 계속 쓸 거냐는 질문을 자주 듣는다.
나도 사람이라 가끔은 소용없는 일에 지나치게 애쓰는 게
아닌가 싶다. 그럴 때 조용한 밤 스스로에게 물어본다. 죽
기 직전에 지금 글을 쓰는 이 순간을 후회할까? 그렇지 않

다는 대답이 나오면 현재 내가 할 수 있는 최선의 선택을
한 것이다. 계속 쓰지 않을 수 없을 때, 나는 쓴다. 앞으로
도 그럴 것이다.

지친 줄도 모르고 지쳐 가고 있다면

시간에 따라
희미해진다
모든 것들이

　　사실 잘 기억나지 않는다. 그때 얼마나 힘들었는
지 또 얼마나 슬펐는지. 어디까지 우울했고 얼마나 긴 시
간을 헤맸는지. 지나고 보면 전부 티끌 같은 순간이 되어
버린다. 힘들었던 시간은 더러 추억으로 변하고 대부분의
기억은 묘연해진다.

틀린 목소리는
없다

맞고 틀린 문제가 아니라 다름의 차원에서 해석하면 많은 것들이 가능해진다. 다른 길을 가는 사람에게 그곳이 막다른 길이라고 해서는 안 된다. 새가 답을 갖고 있기 때문에 노래하는 것이 아니라 노래를 갖고 있기 때문에 노래한다는 말처럼, 우린 각자의 이야기를 각자의 목소리로 아름답게 불러 내면 그것으로 전부일 것이다.

지친 줄도 모르고 지쳐 가고 있다면

시간이
하는 일은

그저 지나가는 것이다

그리곤 기어이 돌아오지 않는 것이다

슬픔을
긍정하는
힘으로

치사량의 절망은 아니었다. 나는 여전히 살아 있고 그런대로 잘 견뎌 왔다. 모든 걸 파괴해 버릴 것 같던 일들도 시간과 함께 풍화되었다. 시들했던 몬스테라도 다시 물을 주기 시작한 뒤로 곧잘 자랐다. 일상을 찾는 동안 사랑하는 사람을 만나진 못했지만 부적 사랑도 할 수 있을 만큼 정신도 건강한 상태. 이제는 과거가 지나갔다는 사실만으로 안심할 수 있고, 그 과거를 통해 성장한 내가 다가올 미래를 잘 견뎌 줄 것을 예견할 수도 있다. 슬픔을 긍정하는 힘으로 마음에 꽃을 심고 정원도 만들고 새집도 짓고, 그것으로 말미암아 나 자신에 대한 믿음도 활짝 열렸으면 싶다.

아침에
눈을 떴을 때

당신의 모든 순간이

오직 살아 있기 때문에 가능하다는 것을

기억했으면

다른 누군가가 되어서

사랑받기보다는

있는 그대로의 나로서

미움받는 것이 낫다

_ 커트 코베인 Kurt Donald Cobain

일 인분의
치유

　　나는 감기 기운이 조금이라도 있는 것 같으면 집
에 챙겨 둔 알약을 먹는다. 우리 집에는 아주 옛날에 미국
에서 사 온 주황색 알약이 있다. 초록색은 먹자마자 잠이
쏟아져서 잘 복용하지 않는다. NIGHT라고 적혀 있는 걸
로 봐서는 자기 전에 먹는 약인 것 같은데 아직은 먹어 본
적이 없다. 웬만하면 DAY라고 적힌 주황색 약만으로도 금
세 괜찮아졌다.

　약만 제때 챙겨 먹으면 그토록 싫어하는 병원에 가지 않
아도 될 확률이 매우 높으니 미리 대처하는 것을 선호하는
편이다.

　미세한 우울이 느껴질 때도 나는 마찬가지로 약을 복용
한다. 여기서 약이란 내 편인 사람들과 만나는 것. 혹은 그
들과 통화를 하는 것. 또는 하염없이 한강 변을 뛴다든가

하루키의 오래된 산문을 읽는 일과 같은 아주 작고 사소한 움직임들이다. 편의점 타이레놀보다 쉽게 구할 수 있는 비상약이라 해도 될 정도로 의지만 있으면 당장 할 수 있다.

우울이 새 삶을 꺼낼 수 없을 정도의 절망으로 번질 때까지 방치해선 안 되니까 앞서 대비하는 것이다.

이처럼 작은 행동으로 미리 우울을 극복하는 태도가 일상에서 무릇 요긴하게 쓰인다. 이 정도는 괜찮아, 싶은 것들을 그대로 두면 후에 감당할 수 없을 정도로 몰려올 수 있다. 올바른 정신을 유지하려면 그만큼 신경을 써야 한다. 내가 우울하지는 않은지, 내가 지치진 않았는지 안테나를 높이 들고 항시 탐색해 볼 일이다.

모든
보통의 것들을
사랑해 주어

　　바다에서 숨 참기 대결을 한 적 있다. 단순히 물
속에서 숨을 오래 참으면 이기는 게임. 나로서는 처음부터
패배를 예상했지만 또 자존심 문제가 있는지라 내뺄 수는
없던 상황. 처음 5초 정도는 상당히 여유로웠다. 그런데 열
을 넘어가니 가슴이 심하게 답답했고 이내 물 밖으로 뛰쳐
나왔다. 나는 탄산음료가 아니라 숙박비 내기였어도 그 순
간에 고민 없이 포기했을 것 같다.

　　숨을 한계까지 참고 있을 때는 오직 한 가지 생각밖에 들
지 않았다. '숨 쉬고 싶다.' 물속이 아니라면 그런 생각은 들
지 않았을 것이다. 평소에 누가 공기를 들이마실 수 있기
를 간절히 바라겠는가. 상시 너무도 당연했던 것이 매우 절
실해지는 경험. 꼭 공기만의 이야기일까. 그것은 사람일 수
도 사랑일 수도 있겠다. 당연했던 모든 것들의 이야기일 수

있겠다. 그러니 보통의 것들을 더욱 사랑할 필요가 있겠다.

늦었다고 생각할 때가 가장 빠른 때라 했었나? 나는 그 말을 조금 비틀고 싶다.

절실할 때가 가장 늦은 때다!

시간을
들이는 일

　　글을 쓰다 보면 첫 문장을 시작하지 못해서 온종
일 답답할 때도 있고 거의 완성했는데 끝맺음이 잘 안 되
기도 한다. 전과 같았으면 그 상태로 골몰하며 며칠을 보
냈겠지만 요즘은 삼십 분 이상 막히면 아예 다음 날로 미
뤄 버린다. 만일 하루가 지나서도 수정이 여의치 않으면 그
런 글들은 일단 따로 모아 둔다. 좋아하는 사람과 서로 밀
고 당기듯 관심 없는 척 보관했다가 보름 정도 지났을 때
다시 열어 본다. 시간을 충분히 들인 후에 다시 보게 되면
오히려 새로운 전개가 떠오르기도 하고 그럼에도 진전없는
글들은 홀가분하게 버릴 수 있다. 어떤 일이든지 조급함과
완벽주의가 만나면 효율도 떨어지고 결과물도 좋지 않다.
씨앗이 곧바로 열매가 되는 일은 절대로 일어나지 않을 테
니, 조금 더디더라도 그 느릿한 속도에 스트레스받을 필요

없다는 뜻이다. 지금도 모자람 없이 잘해 내고 있으니 당
장의 결실을 바라는 욕심을 버려도 충분할 것이다.

때로는 살아 있는 것조차도

용기가 될 때가 있다

_ 세네카 Lucius Annaeus Seneca

내가 했던
두 가지
실수

내 머리카락은 날 때부터 고집 센 직모여서 길이
가 짧으면 뻗치고 조금만 길면 보기 싫게 이마에 딱 붙는
특성이 있다. 그래서 마음에 드는 스타일을 유지하려면 항
상 돈을 들여 펌을 하거나 미용실에 가서 자주 손질을 해
주어야 했다. 하지만 그것도 소득이 생기면서 하게 된 것
이지 학생 때는 헤어스타일에 대해 크게 신경 쓰지 않았던
것 같다.

그래도 한 번 있는 졸업식에는 폼을 내고 싶었는지 생전
써 보지도 않았던 고데기를 빌린 기억이 있다. 모양 좀 낼
줄 아는 친구 것이었는데 생전 처음 써보는 사람이 예쁜
컬을 낼 수 있을 리가 없었다. 열을 잘못 준 탓인지 컬은
고사하고 폭탄을 맞은 나는 졸업식 시간이 임박해서 그 머
리 그대로 참석을 했더랬다.

지친 줄도 모르고 지쳐 가고 있다면

나는 그날 또 한 가지 실수를 했는데, 바로 하의 선택이었다. 졸업 축하 차 왔던 후배가 나를 보자마자 말했다. 아니, 안 입던 흰 바지는 왜 입고 왔어요? 뒤에 이어진 말은 생략하겠다. 추후에 받은 단체 사진에서 더욱 분명히 알게 되었지만 흰색 슬랙스는 허벅지를 한층 두껍게 보이게 하는 효과가 아주 확실했다.

나는 그날 이후로 두 가지를 하지 않는다. 고데기 사용 그리고 흰 바지 착용. 너무 힘줘서 준비하다 보면 오히려 일을 그르친다는 걸 은연중에 배운 것도 그날이었다. 차라리 평소처럼 했으면 아무 문제도 없었을 텐데. 오히려 긴장을 풀었더라면 더 좋았을 것 같다. 이번 생에 졸업식은 높은 확률로 그때가 마지막이겠지만.

현재의 삶도
살아 볼 만하다고

　　무심코 김밥집에 들어갔다. 더이상 걸을 힘이 없었고, 당장 끼니를 때우고 싶었던 찰나에 멈춰 선 곳이 하필 그 앞이었던 것. 참치 김밥 한 줄을 시켜 두고 기다리는데 그 순간이 문득 행복으로 느껴졌다. 김밥 한 줄로 무슨 헛소리인가 싶지만 때는 2016년 7월. 길었던 타지 생활을 마치고 고향으로 돌아온 지 보름도 채 되지 않았을 때였다.

　러시아는 다른 유럽에 비해 한국 음식점이 많은 편이지만 학생 신분으로 감당하기 버거운 가격대를 형성하고 있었다. 당시 환율로 김치찌개가 이만 원, 쌈밥 정식이 삼만 원 정도였으니. 그렇다고 가격만큼 맛을 기대할 수 있는 것도 아니었다. 한참 선배였던 연이 형이 했던 말이 아직도 기억난다.

그냥 살려고 먹는 거지 여기서 맛있는 거 찾으면 안
돼….

건조하고 차가운 땅에서 보낸 이십 대의 절반. 교내 식당
조차도 부담이어서 기숙사로 황급히 돌아가 혼자 라면으
로 점심을 해결했던, 그런 기억을 떠올리면 절대 쉽지는 않
았구나 싶다. 속이 꽉 찬 김밥을 단돈 몇천 원에, 지하상가
귀퉁이에서도 먹을 수 있다는 사실이 행복으로 느껴진 것
에는 그런 배경이 있었다고 사사롭게 생각한다.

누군가에게는 너무도 일상적인 것이 내게는 순간 특별하
게 다가왔기 때문일 것이다. 그 후로 시간이 많이 흘렀고
지금은 겨우 김밥 한 줄로 행복하지는 않지만 늘 그때의 기
억으로 말미암아 현재의 삶도 살아 볼 만한 것이며 행복하
지 않을 이유가 전혀 없다는 것을 재차 환기시켜 본다. 어
쩌면 하루하루 일상에 당연한 것이라고는 아무것도 없을
것이다.

내가
살았다는
흔적

　　　좋은 글을 만났을 때 다음에 볼 수 있도록 모서
리를 살며시 접어 두듯이, 살아가면서 귀퉁이를 곱접어 둘
수 있는 순간들을 많이 만들고 싶다. 사소한 일상 속에서
무엇과도 바꿀 수 없는 소중한 것들을 발견하고, 그 어떤
미래도 지금 이 순간을 대신할 수 없다는 것을 습관처럼
되뇌며 —

　　　지친 줄도 모르고 지쳐 가고 있다면

내가
발명한
농담

하루는 영양을 보충해야겠다고 어머니와 민물 장
어집에 간 적이 있다. 소금구이를 먹었는지 고추장 구이를
먹었는지 아니면 둘 다 먹었는지는 기억나지 않지만 십 년
이 넘은 지금도 또렷하게 기억나는 순간이 있다. 그것은 식
사가 다 끝나고 밥값을 결제할 때였는데, 아르바이트를 해
본 경험이 있다면 알겠지만 고객이 서명을 하면 점원이 보
고 있는 포스 기계에 고스란히 입력된다. 보통은 아무렇게
나 휘갈기고 마는데 그날따라 무슨 기분이었는지 서명 패
드에 자그맣게 스마일을 그려 넣었다.

☺

그림에는 소질이 없어서 정말로 딱 이렇게 그렸다. 그러
고는 카드를 돌려받으려는데 화면을 본 아주머니가 갑자기
박장대소하시는 것이 아닌가. 이마에 송골송골 맺혀있던

땀이 후두둑 떨어질 정도로 웃으시더니 구수한 사투리로 내게 말했다. 아니, 사인을 누가 이렇게 하노 학생! 학생 덕에 오늘 처음으로 웃어 봤네! 느닷없는 그녀의 반응에 나도 웃고 옆에 있던 엄마도 함께 웃었다.

그 우연한 순간에 대해 설명하라면 '유쾌했다.'는 표현이 가장 어울릴 것이다. 아주머니의 일상이 얼마나 갑갑했으면 그런 성의 없는 스마일 따위가 농담으로 작용했을까. 언젠가 사는 일을 농담처럼 하겠다고 쓴 적 있는데 은연중에 그 다짐을 실천했던 것 같기도 하다. 가벼운 농담을 주머니에 넣고 다닌다면 그런 순간들을 여럿 만들 수 있지 않을까.

나는 그 후로도 결제를 할 때마다 줄곧 같은 서명을 해왔다. 아직은 그 시절 장어집 아주머니만큼 호쾌하게 웃는 분을 또 만나지는 못했지만, 그래도 여전히 고집부리고 싶다. 이것은 여담인데 광진구에 있던 그 식당은 아직도 성업 중이다. 어떤 이유에서인지 우리 가족은 그곳을 다시 찾지 않지만 문득 궁금해진다. 아직도 같은 곳에서 일하고 계실까? 다시 찾아간다 해도 세월의 풍파를 그대로 맞은 내 얼굴이 낯익을 리는 만무하겠다.

지친 줄도 모르고 지쳐 가고 있다면

마지막으로 덧붙이고 싶은 말이 있는데 이 지면을 빌려 오늘 하루가 고단한 사람들에게 (이번에는 성의 있는) 스마일을 보내고 싶다. 별것 아닌 낙서가 누군가를 웃게 했던 날을 온전히 기억하며 ☺

지친 줄도·모르고
지쳐 가고 있다면

요즘은 피로하다 싶으면 다 그만두고 곧장 침대에 누워 버린다. 쫓기는 마음으로 산다고 더 멀리 갈 수 있는 것도 아니고 하루 정도 일찍 잔다고 마포대교가 무너지지는 않을 것이다. 쉬는 것에 인색할수록 일상에 활기가 사라진다. 활기가 없으면 생각이 얇아지고 판단력도 흐려진다. 무엇보다 저 자신과 주변을 잘 돌보지 못한다는 점에서 상당 부분 손해를 본다.

일보다 훨씬 중요한 것들이 무엇인지 한번 떠올려 보자. 만약 아무것도 떠오르지 않는다면 어딘가 고장 난 것이니 이 글을 통해 부디 수리하길 바란다.

나의 경우는 요즘 집중하는 토픽이 있는데 건강과 추억이다. 몸을 혹사 시키면서까지 일에 매진하고 싶지 않고, 그러다가 추억이 될 수 있는 소중한 순간들을 놓치고 싶지 않다. 훗날 삶을 되돌아볼 때 건너뛴 세월만 데굴데굴 굴러다닌다면 얼마나 허무할까. 꿈을 열렬히 좇고 생업에 주력하되 삶의 심지로 매번 돌아와 헤아려 보련다.

지친 줄도 모르고 지치지는 않았는지, 고마운 사람들에게 관심이 모자라진 않았는지, 내가 나에게 못해 주지는 않았는지, 추억 거리가 될 수 있는 순간들을 바쁘다는 핑계로 멀리 미루지는 않았는지.

스폰테니어스

자주 챙겨 보던 드라마에서 간호사 역을 맡았던 줄리아나는 고교 동창이었던 데니에게 이런 말을 했다. 'I need to be spontaneous these days.' 의역하자면 나 이제 그냥 되는대로 살아야겠어, 정도 되겠다. 의지와 상관없이 일이 꼬이고 엉망진창인 나날을 보내던 주인공이 집으로 돌아가면서 아주 체념하는 듯한 표정으로 한숨을 내뱉는 장면이었다.

세상 사는 일이 마음처럼 되지 않는 것이 줄리아나 개인의 탓은 아닐 것이다. 그녀가 되는대로 살아야겠다는 다짐을 한 것은 어쩌면 스스로를 구하기 위한 최후의 처방이 아니었을까. 노력으로 해결되지 않을 때는 그냥 될 대로 돼라! 식의 마인드가 가장 속 편한 방법이기도 하다. 삶의 모든 순간마다 애쓰고 살 수는 없으니까 거대한 흐름에 따라

적당히 감응하는 것도 힘겨운 지구살이에 유용한 팁일 것
이다.

아침에 일어나고 밤에 잠들며

그사이에 하고 싶은 일을 한다면

그 사람은 성공한 것이다

_ 밥 딜런 *Bob Dylan*

행복의
둘레만 걷는
사람들

성취만을 보고 달려온 지난 세월에
행복은 어디쯤 있었는지
무엇을 위해 그렇게까지 삶을 몰아세웠는지
문은 늘 열릴 것 같다가 아득히도 멀어지네

지친 줄도 모르고 지쳐 가고 있다면

울어도
나아지는 게
없는 나이

힘을 빼기 위해 시간을 보낸다. 더 가지려고 애쓰거나 이미 가진 걸 잃을까 봐 마음 졸이지 않는다. 어차피 빈손으로 왔다 가는 세상에서 가진 걸 가졌다고 하기도, 잃은 걸 잃었다고 하기도 모호한 구석이 있다. 모든 건 세상으로부터 잠시 빌린 것이고, 잃은 건 세상에 다시 돌려준 거라고, 그래서 되려 투명해진 거라고 위로도 해본다. 울어도 나아지는 게 없는 나이가 오면 겨울은 더욱 시리다. 그저 마음을 비워 내고 따뜻한 차를 석 잔 준비하고 싶다.

일상이
빛을 잃지
않도록

　20초 이상 손 씻기. 격주로 몬스테라에 물 주기.
케이크가 그려진 포스터를 벽면에 붙이고 장바구니에 넣
어 둔 책 결제하기. 틈틈이 운동하기. 외출 전에 고양이 사
료와 물그릇 체크하기. 날마다 반복되는 생활 속에서 자주
감사하기. 말은 줄이고 내면으로 깊게 사유하기. 계절 과
일 챙겨 먹고 아빠한테 피아노곡 추천해 주기. 건너편 꽃집
에서 생화 한 움큼 사 오기. 지나치게 마음 쓰고 있는 것
들 살며시 내려놓기. 수분이랑 종합 비타민 챙겨 먹기. 택
배 박스 정리하기. 사람들에게 다정하게 대하고 민망해도
사랑한다고 말하기.

자기
돌봄의
시간

　　자기 자신을 돌보는 방법은 생각보다 어렵지 않
다. 평소보다 많은 걸 스스로에게 허락해 주면 된다. 어떤
날은 잔고 생각하지 않고 맛있는 걸 먹으러 간다거나 하루
정도는 온종일 침대에서 뒹굴도록 승낙해 주는 것이다. 다
이어트도, 저축도, 밀린 일도 잠시 중단. 평상시에 무엇을
하고 싶었고 또 무엇을 하지 못했는지 떠올려 보면 답을 찾
는 것이 까다롭지는 않을 것이다. 대부분 적당한 선에서
타협하는 편이지만 또 모르겠다. 때로는 과한 정도로 무리
하게 스스로를 허락해 주고 싶을 때가 있어서. 예를 들면
나를 아무도 모르는 무인도 같은 데로 데려다 놓고 무한정
생각할 시간을 주고 싶다거나 하는.

홀로
결심할 것

나를 피로하게 하고
쉼 없이 일하게 하고
끼니를 거르게 하고
감정을 소모하게 하는
모든 일의 중심에는 내가 있다는 것

열심히 일할지
계속 그 사람을 만날지
솔직하게 말할지
아니면 기분을 숨길지
모두 자신의 선택에 달려 있다

일도, 사람도, 사랑도
내 삶에 닿는 순간

결정권은 내게 온다

함께할지 지나쳐 갈지

아니면 뒤돌아설지

서로를 탓하는 건 그만두고

홀로 결심해야 한다

아무도 책임져 주지 않을

각자의 인생에 대해서

어두운 시절에

남이 내 곁을 지켜줄 거라

생각하지 말라

해가 지면 심지어 내 그림자도

나를 버리기 마련이다

_ 시리아 법학자 이븐 타이미야 Ibn Taymiyah

날마다
새로운 날

　　어제와 오늘은 완전히 다른 날이다. 무수한 가능성이 열리고 새로운 기회들이 생긴다. 어제와 다를 것 없는 환경에서 하루를 맞이하더라도 어떤 마음가짐을 갖는가 하는 것은 온전히 개인의 몫이다. 날마다 새로운 날을 얻을 것인지 매일 똑같은 하루를 살 것인지는 선택에 달렸다는 뜻.

지친 줄도 모르고 지쳐 가고 있다면

Perfect blue

넌 안 돼, 라는 말을 듣는 사람이 있다면 이 말을 꼭 전하고 싶다. 그 누구도 당신의 가능성에 대해서 가늠할 수 없고 시도해 보기 전까지는 본인조차도 어디까지 갈 수 있는지 모른다. 그러니 원하는 것이 있다면 한 번쯤 삶을 내던져 봤으면 좋겠다. 자신을 지극히 믿고, 세상이라는 묘묘한 바다로.

잘 사는
사람이란

숲아베기도 가지치기도 하지 않고 이십 년 이상 방치된 잣나무 숲을 본 일이 있다. 그렇게 자란 나무들은 목질부 안쪽에 가지들이 묻혀서 죽은 옹이들이 많이 생긴다. 게다가 난잡하게 자란 가지들이 미관을 심하게 해치고 무엇보다 원줄기의 생장에 큰 방해가 된다. 울창하고 건강한 숲을 만들기 위해서는 가지치기 뿐만 아니라 밑깎기 작업이나 어린나무를 가꾸는 일까지 신경 쓸 부분이 한둘이 아니라 누군가는 관심을 가지고 끊임없이 보살펴 주어야한다.

숲도 그러한데 사람이라고 다를까.

자아가 올바르게 성장하는데도 잇따른 관심이 필요하다. 잘 산다는 게 꼭 교육과 자본만의 이야기가 아니라 삶을 노련하게 가꿔 나갈 줄 아는 사람을 보고도 '잘 산다.'고

지친 줄도 모르고 지쳐 가고 있다면

우리는 말할 수 있다. 잘 사는 사람은 일상을 자주 점검한다. 부정적인 영향을 주는 사람을 꾹 참고 만나고 있지는 않은지, 진전 없는 일을 억지로 붙들고 있지는 않는지. 자기 자신을 중심에 두고 물음을 계속 이어 나가면서 애쓰지 않아도 될 부분을 감별하고, 삶에 불필요한 곁가지들을 쳐 내 준다.

일상을 정밀하게 관찰하다 보면 생각보다 쉽게 삶에 무익한 일부를 찾을 수 있다. 조금 더 세심하게 스스로를 돌봐 주겠다는 태도로 매일 하루를 출발한다면 잘 산다는 것도 그리 어렵지 않을 것이다.

가는 실 위를
걷는 사람처럼

　　관계 속에서 자신을 지키려면 자주 다정한 동시에 때로 까칠한 사람이 되어야 한다. 깊이 공감할 줄 알면서도 거절에 능숙한 사람. 이해하려고 노력하면서도 현실적으로 조언하는 사람. 자기 색깔을 확고하게 가져가면서도 사회에 잘 스며드는 것도 중요하다. 사람들과 너무 가깝게 지내면 쉽게 대하는 이들이 생기고, 너무 멀어지면 절해의 외딴섬처럼 혼자가 되어 버린다. 그 중간 지점을 찾아 균형을 잡는 것이 쉽지는 않겠지만 아주 불가능하지는 않을 것이다. 가는 실 위를 곡예 하는 어름꾼도 수천 번 넘어지고 다쳤을 테니.

Ⅱ

착한 것만으론 무엇도 될 수 없어서

세상엔
네 종류의
사람이 있다

성심껏 잘해 줄 사람
성의만 보일 사람
관심도 주지 않을 사람
지금 당장 인생에서 내보낼 사람

　　　　지친 줄도 모르고 지쳐 가고 있다면

헬프
유얼셀프

　요즘 동굴 기간이라 다음에 끝나면 보자. 현이는
그렇게 말했다. 아무 약속도 잡지 않고 어쩔 수 없는 연락
외에는 모두 끊는 걸 걔는 동굴에 들어간다고 표현했다.
나는 그런 줄도 모르고 우연히 연락했던 것이지만 동굴 기
간이라 해서 누군가 그걸 알아차리고 안부를 묻는 경우는
거의 없다고 했다. 그 말을 듣는데 문득 생각이 뻗어 나갔
다. 동굴에 있는 사람도 사정이 그러한데 벼랑에 있는 사
람이라면 어떨까.

　삶이 벼랑 끝으로 밀려날 때 그곳까지 달려와 껴안아 줄
사람이 얼마나 될까? 마음 놓고 기댈 나무 한 그루 없지만
그래도 그런 사람이 한 명이라도 있다면 참 행운이겠다 싶
은데. 아무튼 현이는 외롭더라도 완벽히 혼자가 되는 시간
을 통해서 삶을 재정립할 수 있다면서 동굴 테라피를 강력

추천했다. 누군가 구해 주길 바라는 것이 아니라 자기 자신을 스스로 돕는다는 점에서 매우 건강한 태도임에는 틀림이 없다.

하루는 아버지가 영어 공부를 참 열심히 했었다면서 국민학교 시절에 배운 속담을 장난스럽게 발음한 적이 있다. 갓 헬프스 도즈 후 헬프 뎀셀브즈(God helps those who help themselves), 하늘은 자신을 돕는 자들을 돕는다. 자기 자신을 도울 줄 아는 사람이라면 벼랑 끝에서도 하늘이 도와주지 않을까. 아니, 그런 사람이라면 하늘이 도와주기 전에 혼자서도 해결책을 찾아낼지도 모른다.

용감해지렴, 용기야말로 생명의 열쇠니까. 근대 미술사학 연구의 개척자였던 오카구라 덴신이 먼저 세상을 떠난 고양이에게 보낸 편지의 내용이다. 고양이는 아니지만 나도 그의 조언을 이어받아 용감해지고 싶다. 철저히 혼자가 되어 자기 자신을 가감 없이 들추어 보는 것도 용기가 없다면 할 수 없는 일일테니까. 용기를 갖고 나 스스로를 돕는다면 그곳이 동굴이든 벼랑이든 그것이 무슨 상관이랴.

기쁜
애씀

결정이라는 뜻의 decision은 cis, 즉 자르다는 뜻의 라틴어를 어원으로 하고 있다. 어원에서 알 수 있듯이 결정한다는 것은 선택함과 동시에 잘라내고 포기하는 것을 의미한다. 우리가 세상으로부터 삶을 처음 받았을 때도 그랬다. 받은 삶 외에 다른 인생을 살 수 없도록 결정되지 않았던가. 그래서 타인에 대해서는 우리 스스로가 한계다. 섬세하게 감각할 수 있는 건 오직 자기 자신의 감정과 목소리뿐이어서 우린 타인을 끝내 모른다. 그토록 알기 힘든 타인을 과연 껴안을 수 있을까. 아마도 몇몇 곁사람에게는 그런 포근함이 가능하지 않을까. 불가능할지도 모르는 그 온도에 대해서 나는 기쁘게 애쓰고 싶은 마음이다. 곁에 둘 가치가 있는 사람들에게만 노력하기로 decision 한다면 안 될 것도 없지 않을까.

마음은 하루에도 몇 번이고
봄이었다 겨울이었다 하네
아무 이유나 사연 없이도

부단히 보냈지만
돌아오지
않는 것들

어떤 만남이건 끝이 보일 때는 서로 이판사판이 된다. 배려는 고사하고 마구잡이로 말을 내뱉어 버리니 오히려 그때가 상대방의 진짜 모습을 볼 수 있는 시간일지도 모른다.

누가 그렇게 해달래? 그냥 네가 좋아서 해준 거 아냐? 솔직히 나 너 이제 안 좋아해. 다른 사람 만난다고 해도 아무렇지도 않을 거 같아.

주변 사람들 얘기를 들어 보면 이 정도는 양호한 편이다. 육두문자가 없는 게 어디냐고 하는 사람도 봤다. 나는 저런 말을 들으면 자이로드롭이나 티-익스프레스를 탈 때처럼 심장이 쿵, 내려앉는 느낌이 든다. 그럴 때마다 크게 상처받기도 했지만 지금에 와서는 뭐, 틀린 말도 아니라고 본다. 잘해 달라고 한 것도 아닌데 잘해 준 내가 잘못이지.

지친 줄도 모르고 지쳐 가고 있다면

사막에서 농구를 하려는 것과 비슷하다고 생각하면 된다. 아무리 탄성 좋은 농구공이라도 모래 속으로 푹 들어가 버릴 뿐, 지면의 힘을 제대로 받지 못하면 공은 절대 돌아오지 않는다. 내가 아는 한 가장 확실한 방법은 합성 고무로 된 우레탄 코트로 옮겨가 공을 튀기는 것이다. 절이 싫으면 중이 떠나라는 고리타분한 말을 자주 쓰게 된 데는 다 이유가 있다.

무례한 사람 곁을 떠나 호의를 호의로 돌려줄 줄 아는 사람에게 성심껏 대하는 것이 정신 건강에 좋다는 얘기다. 돌려받을 걸 고려해서 선의를 베풀자는 것이 아니라 적어도 사막에서 드리블을 하려는 어리석은 시도는 하지 말자는 취지. 기브 앤 테이크가 중요한 것이 아니고 받는 것을 당연하게 여기는 그 얄팍한 마음을 경계하자는 것이다.

사랑한다는 건 자신이 가진 가장 좋은 걸 줄 수 있다는 뜻이다. 누군가 그런 진심을 받아 들고 기뻐하고 아껴 준다면 그것이 행복이 아니고 무엇일까. 세상 모든 것이 그렇지만 나에게서 나온 것도, 다른 사람에게서 오는 것도 무엇 하나 당연한 것이 없다. 다만 이제는 서로가 서로에게 최선인, 그런 만남을 오래 이어 가고 싶다고 소망한다.

어딜 가나
있는
무례한 사람들

　　무례한 사람을 대할 때는 그 심보를 고치려 해선
안 된다. 태도와 말은 그 사람의 오래된 기질이기 때문에
대리석처럼 단단해서 깨거나 부실 수 없다. 어떤 사람을
만나게 될지는 철저히 운의 영역이니 그저 악의와 마주치
지 않기를 바라는 것 말고는 딱히 방법이 없다. 한낱 개인
으로 할 수 있는 일이 있다면 그런 사람들과 최대한 멀어
지거나 최소한의 대화만 이어 나가는 것뿐. 무례한 사람은
어딜 가나 있을 테니까 앞서 눈치채고 대처하는 것이 가장
급선무라 하겠다. 항상 본인만의 마지노선을 그어 두고 그
선을 넘어설 때 누구보다 단호해지겠다는 마음을 가지고.

작고
맑게
사는 일

미니멀리즘이 유행이다. 최대한 심플하게 살자는
요즘 사람들의 모토. 불필요한 물건은 줄이고 최소의 생활
로 단순하게 살아가는 것이다. 나는 그런 태도가 일상, 특
히 인간관계에도 매우 필요하다고 말한다. 만나기만 해도
기분 나쁜 사람들, 아웃. 내 삶에 훈수 두는 사람들, 아웃.
부탁할 때만 연락하는 사람들, 아웃. 미니멀리즘에서 중요
한 건 단순함과 간결함이다.

내 친구 류는 항상 말했다. 옷깃만 스친다고 다 인연은
아니야.

맞는 말이다. 옷깃만 스쳐도 인연이라니. 그건 너무 잔인
한 말이다. 내가 그 사람을 선택하지 않았다면 그건 인연
이 아니다. 인연은 언제나 쌍방이니까. 처음에는 류의 말이
잘 이해가 안 됐다. 모든 인연이 소중한 거 아니었나? 사람

사이에 거리를 두고 관계를 선택하는 일이 어딘가 치사한 면이 있는 것도 같았다.

하지만 꼭 그렇지만은 않다는 사실을 일상에서 배웠다. 요즘은 굳이 연락처를 지우거나 차단하는 것이 아니라 맞지 않는 사람들과는 자연스럽게 멀어지는 중이다. 매일 봐야 하는 이들은 다소 난감하지만 인사할 땐 웃어 주고 마음으로는 멀찍이 선을 그어 둔다. 이렇게 주변 반경을 비워 내고 나면 속뜰에 찾아오는 평화가 있다.

평화, 라고 적고 보니 미니멀리즘으로 사는 사람들을 밀착 촬영한 다큐멘터리에 나온 말이 문득 떠오른다.

처음에 물건들을 버릴 땐 아깝기도 하고 나중에 쓸 일이 있을까 싶기도 했는데 막상 버리고 살다 보니 그것들 없이도 충분히 잘 살 수 있더라고요.

나는 이 대목을 조금 더 확장해서 해석해 보련다. 물건뿐만이 아니라 인간관계도 힘겹게 붙들고 살 필요는 없다고. 때로는 채우는 것보다 비우고 버리는 과정에서 삶은 더없이 맑아진다.

타인은 나의
바깥

타인(他人)은 글자 그대로 다른 사람일 뿐이다.
내 일에 공감해 줄 의무도 없으며 힘든 시기에 나를 반드
시 도와줘야 할 이유도 없다. 상황이 나빠지면 나와 멀어
지기를 자처할 사람들이 있을 거고 곁에 남는 사람은 손에
꼽을지도 모른다. 되짚을수록 아픈 사실이다. 인간으로 살
면서 인간 사이 부질없음을 느낀다는 것이 개탄스럽기도
하지만 또 그 일이 원래 그런 것이어서 말을 줄이고 싶다.
아직은 두렵기만 한 나의 바깥, 타인에 대해서.

이카로스의
날개

그리스 로마 신화를 접해 봤다면 이카로스의 날개와 관련된 일화를 들어본 적 있을 것이다. 왕의 뜻을 거역한 죄로 다이달로스와 그의 아들 이카로스가 미궁에 갇히게 되지만 그들은 영리하게도 밀랍과 깃털을 이용해 날개를 만들어 미궁을 탈출하는 데 성공한다. 거기서 끝났다면 해피 엔딩이었겠지만 결국 이카로스는 아버지의 경고를 무시하고 태양 가까이로 날아가다가 밀랍이 녹아 버려 바다로 추락하고 만다.

이렇듯 목숨이 걸린 상황에서도 적당함을 지키기 어려운데 사람 사는 일은 오죽할까. 뭐든 적당해야 한다는 걸 알면서도 그 적당함이란 것이 내겐 애매하고 어렵기만 하다. 사람 관계로 예를 들자면 사랑보다는 멀고 우정보다는 가깝게 지내는 게 좋다는 말을 들은 적 있는데 그런 거리의 적당함이라는 것이 가능한지 의문이다. 아예 빠져들거나 완전히 멀어지는 편이 오히려 확실하고 좋지 않나.

어쨌거나 이카로스에 관한 에피소드는 인간의 덧없는 욕망을 경계하라고 말하고 있다. 어떤 선택이 덧없는 것인지, 또 어떤 결심이 '덧있는' 것인지는 각자의 판단에 맡기겠다. 날개가 다 타버리더라도 끝까지 도달해 보고 싶은 마음이 있다면, 심지어 추락도 감수할 의지까지 갖추었다면 태양까지 날아가려는 무모한 시도가 꼭 덧없는 것이라고 말할 수는 없지 않을까?

안으로
열린 눈

프랑스 승려인 캉쿄 타니에의 글을 가만히 멈춰 읽은 적 있다. 묵언 수행에 관한 글이었다. 그는 묵언을 단순히 말을 하지 않는 것이 아니라 우리가 머물고 있는 장소도 잊고 몸을 가졌다는 감각마저 잃어 보는 것이라고 했다. 그런 과정을 통해 우리에게 가장 중요한 것이 무엇인지 분명히 알 수 있다고. 물론 묵언이라 해서 말을 무조건 참는 것은 아니다. 꼭 해야 할 말은 할 수 있다. 수행의 진짜 목적은 '쓸데없는 말'을 하지 않는 것이니까. 주말에 하루 정도는 혼자 있으면서 그런 시간을 거친다. 말을 하지 않는 대신 스스로에게 많은 질문을 하고 깊게 파고들어 답을 구한다. 밖으로 내닫기보다 안으로 열린 눈을 가지기 위해.

자화상

　　타인의 행복을 염려하는 동안 나 자신이 만신창이가 되고 있는지 몰랐어. 착하게 대하면 내게도 다정할 거라 믿었는데. 그래서 거절 않고 들어 주었고 자주 웃어 주었고 억지로 맞춰 주었는데. 정이 많다는 게 되려 약점이 될 줄이야. 뒤늦게 나 자신을 위해 살아 보기로 결심하지만 그간 살아온 관성 때문에 또다시 호의를 자처하고 상처 입게 되더라. 포옹과 포용의 영역에서 살아가고 싶지만 세상은 아직 날 선 듯 차갑고 데워 놓은 마음은 둘 곳이 없는 걸.

낯선 사람으로 태어나 누군가에게

익숙한 사람으로 죽는다면

그것으로 행복이겠다

모두에게
좋은 사람이
될 수 없다면

소나기가 억수같이 내리던 날 지하철역 앞에는 우산을 미처 챙기지 못한 사람들이 옹기종기 모여 있었다. 비가 그치길 마냥 기다리는 사람들과 마중을 부탁하기 위해 전화하는 사람들, 혹은 사악한 가격의 우산을 울며 겨자 먹기로 구매하는 사람들이 군중을 이뤘다. 나도 그들 중 하나가 되어 어찌해야 할지 고민하며 한동안 우두커니 서 있었다.

그러다가 혹시나 하는 마음으로 메고 있던 백팩을 주섬주섬 뒤졌다. 그런데 이게 웬일. 가방 속 최밑단에서 확신이 들었다. 찾았구나! 나는 낚시꾼처럼 우산을 집어 올렸다. 겉에 과자 부스러기와 하얀 먼지들이 잔뜩 묻어 있었지만 아무렴 어떤가. 살다 보면 한 번쯤은 이렇게 운이 억세게 좋은 날이 있다.

주변에는 아직도 비를 피해 서 있는 사람들이 많이 남아 있었다. 하지만 우산을 펼치는 순간 나는 이미 군중에 속하지 않았다. 나는 가야 했다. 우산을 쓰고 이미 터미널을 빠져나간 사람들처럼 나도 내 갈 길을 가야만 했다. 작은 우산 하나로 모두가 나눠 쓰는 일은 애초에 가능하지 않으니까 혼자 쓰고 가더라도 죄책감이 들 일도 없었다.

한쪽 어깨가 다 젖을 각오를 한다면 한 명쯤 더 나눠 쓸 수 있었겠지만 그게 전부다. 우리는 모두에게 좋은 사람이 될 수 없다. 그 사실을 인정하는 선에서 살아가야지. 도와주지 못하는 것 때문에 누가 나를 싫어해도 아니, 경멸하더라도 어쩔 수 없다. 그저 내가 가진 우산이 좀 작았을 뿐이니까.

다만 인생길을 가는 동안 비가 온다면 작은 삼단 우산이 아니라 커다란 장우산을 준비하고 싶다. 비가 오는 동안 내 사람들을 씌워줄 수 있다면 그것만으로도 좋을 텐데. 마음 같아선 우의라도 여러 벌 갖고 다니고 싶다. 인생은 누군가를 돕고 살 때 더 행복해지니까. 그래 봐야 지구 전체 인구의 0.00000001% 정도 기껏 챙겨 줄 수 있겠지만.

2021년 현재 지구촌 인구는 약 78억 명이다. 그 수많은 사람들 중에 내가 신경 쓰고 보살필 수 있는 사람이 열 명 정도는 되지 않을까 싶어서 계산해 보니 아주 미세한 숫자가 나온 것이다. 퍼센트를 조금씩 높여 가고 싶은 마음은 있지만 모든 사람들의 입맛에 맞게 힘을 보태는 건 아무래도 불가능한 일이다.

모두에게 좋은 사람이 될 수 없다면 나는 그 한계에 대해서 실망하고 싶지 않다. 나도 어쩔 수 없이 누군가에게는 나쁜 사람일 수 밖에 없는 거니까. 관계 속에서 나름대로 최선을 다하고 있으니 그것으로 되었다. 소나기가 억수같이 내리던 날 나는 하나도 젖지 않고 집에 도착했다. 허나 누군가는 그 세찬 비를 쫄딱 맞으며 뛰어갔을 것이다.

아무도 잘못하지 않았는데도
누군가는 비를 그렇게 속절없이 맞았다.

부작용
없는
안정제

　　복잡할 땐 일단 모든 걸 관두고 가만있는 게 최고
야. 사람들 말에 계속 반응하지도 말고. 너 지금 뇌가 고장
난 거 같으니까 아무 음악이나 틀어놓고 명상이라도 해.
정말로 무슨 일이 생기면 그때 다시 생각해 봐. 자꾸 최악
을 상상하니까 제대로 판단을 못하는 거야. 아무 일 없을
가능성이 더 크니까 지레 겁먹지 말고 폰 끄고 그냥 자. 내
일 커피 한잔하면서 이야기하자.

　자정을 조금 넘긴 시간에 웅이 형이 전화로 해 주었던
말이다. 말하기 조금 부끄럽지만 저 통화를 했던 것이 재작
년 4월이었고 평일 새벽이었다는 건 기억하는데 무슨 일이
있었는지는 구체적으로 기억나지 않는다. 다만 확실한 건
유난 떨며 걱정했던 것에 비해 별일 없이 지나갔다는 것이
다. 별일이 있었다면 뇌리에 깊게 새겨져 잊혀질 일도 없었

을 테니.

우리가 걱정하는 것들 중 대부분은 실제로 일어나지 않는다. 오히려 더욱 경계해야 할 것은 쓸데없이 풍부한 상상력이 아닐까. 걱정의 늪에 빠져 머리가 깨질 것 같을 때 그의 말을 재차 읽어 보면 안정제를 복용한 효과가 있을 것 같아 활자로 옮겨 적게 되었다. 어찌 보면 뻔한 내용인데도 막상 상황이 닥치면 다시 이곳으로 돌아와 같은 말을 복습하게 되지 않을까.

어디선가 나와 같이 무거운 새벽을 보내는 이에게도 힘들 때 내가 돌아올 바로 이 지점을 함께 공유하고 싶다. 신경 안정제인 벤조다이아제핀은 과다 복용하면 심폐 기능이 억제된다거나 심한 경우 혼수상태에 빠질 수도 있지만 글로 만든 안정제에는 그런 부작용이 없으니 안심하고 자주 곱씹어 삼켜도 좋을 것이다. 약이 떨어졌다고 다시 처방받으러 가야 할 수고도 필요 없으니 또 얼마나 편리한가!

성큼
새벽이 오는
사람들에게

싫은 사람이 있다면 그냥 내버려 두어. 관심도 주지 말고. 누군가를 싫어하는 감정도 에너지를 소모해. 소중한 에너지를 그렇게 쓰면 안 되지. 깨져 있는 발톱보다도 못한 사람들 때문에 힘겨워하는 건 그만두자. 정말로 신경 써야 할 것이 무엇인지 한번 고민해 봐. 작은 일은 작은 일로 치부하는 노력이 필요해. 마음의 형편을 위해서 조금 더 쿨해지자고.

태풍
슈퍼

여섯 살, 그러니까 이십 년도 더 된 일이다. 유치원생이었던 내가 수업을 마치고 매일 들르는 곳이 있었다. 좁은 골목 어귀에 있었던 이름도 촌스러운 태풍 슈퍼. 90년대에는 어디에나 있을 법한 작은 구멍가게였다. 플라스틱으로 된 미닫이 문하며 진열대에 빼곡히 들어찬 과자들. 주인 아주머니는 늘 계산대 앞에서 동전을 잔뜩 쏟아 놓고는 검지로 짚어 가며 하나하나 세고 계셨던 기억이 있다.

나는 슈퍼에 들어가면 항상 진열대를 곧장 가로질러 냉장고로 달려가서 음료수를 두 개씩 골랐다. 이온 음료 하나, 탄산음료 하나. 당시에는 용돈이라는 걸 받을 나이도 아니어서 매번 외할머니가 슈퍼까지 동행했다. 고작 유치원생이 점심시간에 마시겠다고 500mL 음료수를 두 개나 사는데도 할머니는 굳이 따져 묻지 않았다. 조막만 한 손

지친 줄도 모르고 지쳐 가고 있다면

에 검정 비닐봉지를 들고 기뻐하는 나의 모습 때문이었으
리라.

그렇게 한두 달 흘렀을까. 매사 웃어 주던 할머니가 별안
간 버럭 화를 내는 것이었다.

준아, 너 음료수 가져가서 다 친구들 줘 버린다고 유치원
선생님이 전화 왔더라. 네가 안 마실 거면 왜 매일 사러 가
냐. 쓸데없이.

여섯 살의 나는 그 말이 이해가 되지 않았다. 친구들에
게 한 모금씩 나눠 주면 걔네는 깔깔거리며 좋아했고, 나
는 내 주변으로 친구들이 옹기종기 모이는 그 분위기에 만
족했을 뿐인데. 그런 상황을 두고 유치원 선생님이 집에까
지 전화했던 이유는 정작 음료를 가져온 내가 한 모금도 마
시지 않았다는 점 때문인 것 같다. 하루 이틀도 아니고 매
일 그랬으니.

아무튼 나는 그날 이후로 태풍 슈퍼에 들르지도 음료수
를 사지도 못했다. 그렇게 며칠 지났을까, 친구들이 물었
다.

오늘은 음료수 없어?

나는 이제 더이상 못 가져오게 됐다고 대답했다. 그날 이후로는 친구들이 내 주변으로 모이는 일도 점점 사라졌다. 사실 걔네 중 대다수는 내가 좋았던 게 아니라 내가 가져온 포카리 스웨트나 칠성 사이다가 좋았던 것인데 그땐 어려서 음료수 없냐는 질문에 담긴 진짜 의미를 알지 못했다. 단순히 할머니가 나를 크게 타일렀던 기억으로만 오랫동안 남아 있다가 성인이 되어 다시 생각해 보게 된 것이다.

그 시절 할머니는 나를 꾸짖어서라도 가르쳐 주고 싶었던 게 아닐까. 타인의 호감을 사기 위한 희생은 독이 될 수 있다는 것, 그리고 나를 좋아하는 사람과 내가 가진 것을 좋아하는 사람은 완전히 다르다는 것도. 오래전 세상을 비우고 걸어가신 할머니와 꿈에서 다시 태풍 슈퍼에 갈 수 있다면 나를 위한 구미 젤리 한 봉지와 할머니랑 나눠 먹을 쌍쌍바를 사고 싶다.

할머니, 덕분에 가르쳐 주신 대로 잘 살고 있으니 걱정 마세요. 저는 이제 꽤나 강해졌답니다, 하고 말도 건네 볼 수 있을까?

길이
열릴 것
같다가도

선택으로 만난 사람보다 그렇지 않은 사람들이 더 많고, 랜덤으로 알게 된 사람들과 코드가 맞을 확률은 그리 높지 않다. 하늘에서 떨어진 실이 바늘구멍을 우연히 통과할 정도의 확률? 애초에 '다른 사람'과 '잘 맞는다'는 게 가능이나 한 건지, 서로 삐걱이는 부분을 어디까지 이해하고 노력할 수 있을지···. 그 불가능한 노력이 중단될 때 관계는 소원해지고 결국 소멸로 이르기도 한다. 타오르던 불꽃은 잦아들고 이내 어둠이 찾아오는 것이다. 타인으로 가는 길은 아무래도 쉽게 열리지가 않는다.

인생의 목적은

사랑받는 사람이 되는 것이 아니라

자기 자신이 되는 것이다

당신에게는 당신만이 완성할 수 있는 삶의 목적이 있고

그것은 당신의 사랑으로 채워야 할 것이지

누군가의 사랑으로 채워질 수 있는 것이 아니다

_ 무라카미 하루키 むらかみ はるき

너 힘들 때
더 자주
웃는구나

　　여유, 체력, 활기…. 모든 게 아침잠처럼 부족한
상태다. 그런 나를 두고 류는 모든 게 심리적인 거라고 했
다. 힘들게 생각하니까 힘든 거라고. 너 평일엔 그렇게 힘
들어하다가도 주말만 되면 팔팔한 거 알아? 솔직히 부정은
못 하겠다.

　류는 일 년 전에 이런 말을 한 적도 있다. 상처는 주는
사람이 아니라 받는 사람 마음이라고. 아무리 상처 주려고
해도 네가 안 받으면 그만이야, 라면서 날개뼈를 툭툭 쳤
다.

　나도 그렇게 쿨해지면 좋으련만.

　한번은 내가 슬프기 때문에 자주 웃는 것 같다고 했다.
오히려 그 모습 때문에 속에 감춘 슬픔이 있겠구나 싶었다

고. 그런데 아이러니하게도 자주 웃는 힘으로 그 슬픔을 견뎌 내는 것 같다고.

이제 류는 모르는 게 없는 사람 같다.

몸이 진흙으로 만든 것처럼 노곤한 날 침대에 누워 나는 그의 말을 여러 번 떠올린다. 모든 게 심리적인 것이다. 상처는 받는 사람 마음이다. 나는 자주 웃는 힘으로 슬픔을 잘 견뎌 내고 있다!

인간관계의
발치학

만일 자신에게 심각한 악영향을 주는 사람이 있다면 그와의 관계를 '사랑니'의 개념으로 생각하는 게 좋다. 사랑니는 통증이 시작되면 반드시 발치해야 한다. 충치가 생기거나 치석이 끼는 건 치료를 통해 개선한다 하더라도 사랑니 같은 경우는 뽑아내지 않고는 방법이 없다. 아픈 걸 참고 미루다가 잇몸이 당나발 난다는 말이 그냥 농담이 아니다.

여차저차 드득드득 시술을 끝내고 나면 첫날은 비어 있는 부분이 어색해서 혀로 만지작거리게 되고 음식물 섭취도 까다롭다. 게다가 발치 부위에 염증이 생기거나 갑자기 고열 증상이 생길 수도 있어서 각별한 주의가 필요하다. 그래도 한동안 청결하게 관리해 주고 주의 사항을 잘 지키면 아무렇지 않게 생활할 수 있다.

같은 원리로 관계도 막 정리한 상태에서는 허전하기도 하고 마음이 힘들기도 하겠지만 결국은 순리에 따라 점점 무뎌진다. 완전히 무뎌진 후에는 인생을 살아가는데 그렇게 많은 사람들이 필요한 건 아니구나, 하며 깨닫는 부분도 있고 불편한 사람이 인생에서 사라졌으니 마음이 한결 편해진다.

먼저 대화를 통해 풀어 나가는 것을 1순위로 권유하고 싶지만 세상엔 대화로 불가능한 영역도 있는 것이니까 그럴 때 유용한 플랜B로서 인간관계의 발치학을 소개했다. 무분별하게 쓰지 않고 더이상 물러날 곳이 없다고 생각될 때 최후의 수단으로 여겨줬으면 한다. 두루마리 서신(書信)처럼 주머니에 잘 넣어 두고 다니면 언젠간 요긴하게 쓸 일이 있을 것이다.

고양이처럼
살아야겠다

두 번 파양 당한 고양이를 입양하게 되었다. 나이는 한 살이었는데 주인을 두 번이나 잘못 만나 나에게까지 오게 된 것이다. 새하얀 브리티시 숏헤어, 첫 주인이 지어준 이름 그대로 '하리'라고 불렀고 처음에 만났을 때는 성격이 꽤나 사나웠다. 그 후로 이 년을 함께 지내니 이제는 무릎에도 곧잘 올라오고 손등에 코를 비비기도 할 만큼 온순해졌다. 반려동물 성격은 주인 닮는다는데(?) 아무튼 밥도 잘 먹고 건강하게 크고 있다.

그래도 고양이는 고양이인지라 자기가 정한 선을 넘으면 절대 봐주는 일이 없다. 하리의 마지노선은 뒷발인데 발톱을 깎으려고만 하면 솜뭉치 같은 발로 콱 때리고 도망가 버린다. 쓰다듬어 주면 갸르릉거릴 때는 언제고, 한동안 자기를 건드리지 않으면 그제서야 나와서 다시 애교를 부린

지친 줄도 모르고 지쳐 가고 있다면

다. 나는 하리의 이런 행동이 미울 때도 있는데 동시에 닮고 싶은 마음도 드는 건 왜일까?

자기가 거부하고 싶은 건 무슨 일이 있어도 완강히 밀어내는 태도를 내심 배우고 싶어서일 것이다. 나도 생각은 거절 잘하는 사람이 되어야지, 굳게 다짐하지만 막상 상황이 닥치면 거절은커녕 호쾌하게 승낙해 버린다. 한번은 부탁을 들어주고도 욕을 먹은 적이 있는데 구내식당 뒤편에 쓰레기통이라도 차고 싶은 심정이었다. 이왕 고양이와 함께 살게 된 것, 앞으로는 자주 보고 익혀야겠다.

발톱을 잘 쓰는 법, 그리고 충분히 거절하는 법을.

마찰하는 것에
보풀이
인다

　　사람들이 작당하고 나를 험담할 때 그들이 하는
이야기가 어째서 내 본질이 될 수 없는지 생각해 본다. 나
의 인생은 아무 결론도 나지 않았는데 어떻게 나를 판단
할 수 있는지 의문이다. 하루로 따지면 아직도 대낮을 지나
가고 있는 내 삶에 대해서 가타부타 할 말이 그렇게나 많
은 걸까. 성숙한 사람이라면 반대편에 있는 이들까지 응원
해 줄 수 있어야 한고 윤이는 말했다. 어차피 이해하지 못
할 거 행운이라도 빌어 주어야 한다고. 맞는 말이다. 나도
아직 완전히 성숙하지는 못했는지 내 뒷담화를 한 사람들
이 불운하기를 조금은 바라고 있으며 혹 잘된다 하더라도
일말의 관심조차 없다. 차라리 자라나는 식물과 지는 해를
바라보면서 시간을 보내는 편이 훨씬 생산적일 것이다.

결심

내 의지와는 아무 상관 없이
인연은 원숭이처럼 불쑥불쑥 나타나지만
그 인연을 인생에 들어오게 할 것인지는
오롯이 나의 결심에 달려 있다
문을 열어 주고 난 뒤에는 이미
아무것도
돌이킬 수 없게 되어 버린다

더 이상 바보처럼

착하지 않기로

다짐하는 마음으로

곧 잘 닫지만
여는 법은
몰라서

잘되라고 한마디 하자면 너무 자신을 고립시키지
말고 사람들이랑 좀 어울려 봐요. 그러면 사람들의 정도
느낄 수 있고, 힘든 시간 잘 헤쳐 나갈 수 있을 거예요.

그리 친하지 않았던 선임이 부서 이동을 하면서 내게 남
긴 말이다. 조직에 '섞이지 못하는 사람'으로 치면 내가 단
연 일등이었는데 그게 조금은 걱정되었나 보다. 선배랍시
고 해 주었던 조언들이 대부분 서운했던 것에 비하면 이번
에는 조금 뭉클했다.

그때 처음으로 혼자가 되기를 자처했던 시간들을 반성
해 보았다. 이왕 사는 거 조금은 마음을 열어 보는 게 좋겠
다는 생각도 들었다. 관계에 있어서는 색맹에 가까워서 사
람들과 어떻게 친해질 수 있는지, 어떻게 다가가야 하는지
도 잘 모르는 나.

　　　　지친 줄도 모르고 지쳐 가고 있다면

사람에 크게 데어 본 적 있는 마음이 쉽게 열릴 리는 없
겠지만.

비어 있는
시간들에
대하여

다시 돌아간다면 내게 말해 주고 싶다

끝이라고 생각한 때가 진짜 시작이었음을

결국은 끝내 빛이 되는 슬픔이 있음을

　　　지친 줄도 모르고 지쳐 가고 있다면

청춘
예찬

10년 전 나에게 해 주고 싶은 말이 있다. 너무 걱정 말라고. 조급할 거 없다고. 꿈이 없어도 괜찮다고. 그러다 문득 꿈을 찾게 되면 그때 열렬히 좇으면 된다고. 한 사람의 거절이 세상 전부의 거절이 아니며 숱한 실패는 오히려 성장을 의미한다고. 자신의 뜻을 강하게 믿고 따르면 언젠간 세상도 그 뜻에 귀 기울이게 될 거라고. 부족한 걸 채우기보다 당장 가진 것들에 정성을 들이라고. 작은 것에 대한 사랑으로 말미암아 자기 자신도 사랑할 수 있게 될 것이고 그 무엇도 아니었던 것에서 큰 의미를 발견하게 될 거라고.

어떻게 다비드와 같은 작품을 만들 수 있었나요?

위와 같은 질문에 미켈란젤로는 대답했다. 그의 대답은 조각의 기술적인 부분이나 작품 구상에 대한 설명 같은 게 아니었다.

저는 그저 대리석 안에 갇혀 있던 것을 세상 밖으로 꺼냈을 뿐입니다.

대리석 안에 다비드의 모습이 이미 들어 있었다니 무슨 얼토당토않은 얘길까. 보통 사람이 보면 대리석 덩어리에 지나지 않을 테지만 미켈란젤로는 사물을 침투하여 그 안의 고결함까지 볼 수 있는 눈을 가지고 있었던 것이다. 그는 그런 눈으로 세상을 봐야만 한다고 인터뷰를 통해 말하고 싶었던 것이 아닐까?

예상컨대 날 좋아해 주던 사람들도 미켈란젤로의 눈을 가지고 있었던 것 같다. 언제나 내 안에 빛나는 무언가가 있는 것처럼 여겨 주었으니 말이다. 아니, 어쩌면 진짜로 있는 게 아닐까? 나는 스스로를 아끼는 일에는 늘 낙제였기 때문에 내 안에 그런 찬란한 게 있을 거라고는 생각해 보지 못했다.

미켈란젤로가 투박한 대리석에서 다비드를 꺼냈듯이 나도 내 안에서 눈부시고 윤이 나는 걸 찾을 수 있지 않을까? 찾는다면 꺼내서 세상과 나눌 수 있지 않을까? 10년 전 라틴어 수업 때 외운 단어가 있다. Terra Incognita, 미지의 땅이라는 뜻이다. 나는 나 자신에 대해서 아직 테라 인코그니타다.

스스로를 좀 더 사랑하고 소중히 여겨 준다면 내 안에 있는 광원을 문득 찾게 되지 않을까. 그런 게 가능해진다면 나 말고 타인도 같은 눈을 가지고 볼 수 있는 사람이 되어야겠다. 여기까지 쓰고 보니 미켈란젤로가 한 말을 이렇게 해석해 놓고 싶다. '대리석에서 다비드도 꺼낼 수 있는데 네 안에서는 얼마나 더 아름다운 걸 꺼낼 수 있을까!'

네 생애에서 가장 빛나는 날은

성공한 날이 아니라

비탄과 절망 속에서

생과 한번 부딪혀 보겠다는 느낌이

솟아오른 때다

_ 프랑스 소설가 귀스타브 플로베르 *Gustave Flaubert*

아름다움을
볼 수 있는
눈

　선연하다 윤미하다 유염하다 현려하다 청연하다
정가하다 단화하다 모려하다 미호하다 빛있다 기려하다 비
비하다 청완하다 단려하다 청미하다

　'아름답다'와 비슷한 뜻을 가진 단어가 이렇게나 많다. 대
부분 들어 보지도 발음해 보지도 못한 단어들이다. 오늘
하늘 참 청미하다, 이렇게 말하면 어색하다고 할까? 하지만
왠지 너무 예쁜 느낌이 아닌가?

　온 우주가 합심해 나를 괴롭힌다고 여기던 때에 삶은 그
저 고통이었다. 아름답다면 그건 삶이 아니었다. 천천히 긁
어도 빨리 긁어도 어차피 꽝인 복권처럼 기대는 곧 실망을
의미했다. 그러나,

　그러나 아름다운 것들은 언제나 그 자리에 있었다. 하늘

도 있었고 날 좋아해 주던 애도 있었다. 단지 보려고 하지 않았기 때문에 어둡기만 했던 게 아닐까. 눈을 질끈 감고 있다면 주변이 아무리 밝다 한들 그것이 무슨 소용이 있겠는가.

어쩌다 이 글에 닿은 당신. 나는 당신에게 열다섯 단어들을 등기했다. 하나같이 아름답다는 뜻의 이 단어들은 언제나 우리 곁에 둘러앉아 있다. 시간이 걸리더라도 태엽을 풀듯이 눈을 떠 보길 권한다.

당신은 지금 암흑 속에 있지 않다.

연필로 그림을 그리다 보면 짙고 굵은 선을 긋는 것보다 연하게 살살 터치하는 것이 훨씬 까다롭다. 힘을 빼고 부드럽게 그려나가야 하는데 왕초보 단계에서는 자꾸만 손에 힘이 들어가서 그림이 뻣뻣해진다. 그런 이유 때문에 처음 데생을 배울 때 연한 터치로 도화지를 꽉 채우는 연습을 계속 시키나 보다.

요즘은 일상에서도 비슷한 걸 느낀다. 강강강강으로 행군하듯 살다 보니 그것도 체질처럼 되어버려서 갑자기 산보하듯 강약강약으로 바꾸는 게 여간 쉽지가 않다. 무언가 하지 않으면 왠지 모르게 불안한 기분이 드는 느낌. 그림만 초보인 것이 아니라 인생도 1회차여서 일상에 거듭 힘이 많이 들어가는 것 같다.

미술 선생님은 연한 선들을 고른 톤으로 그리려면 많은

연습이 필요하다고 했다. 그림은 기초부터 쉬운 게 없으니 본인의 노력과 시간의 세례가 필요하다고. 피로를 풀고 휴식을 즐기는 것도 마찬가지로 되풀이하여 익혀야 몸에 베어 자연스러워질 것이다. 세상에 쉬운 거 하나 없다는 말이 잘 쉬는 데도 이렇게 적용이 된다.

그러므로 다가오는 주말에 할 일은 늦잠 자기, 완결된 웹툰 처음부터 끝까지 보기, 음악 틀어 놓고 명상하기 등이다. 삶의 기본기를 다지는 일이니까 장난처럼 하진 않을 예정. 계획을 세우다 지치는 일이 없도록 최대한 무계획으로 간다. 폭닥한 극세사 이불과 감귤 한 박스면 다른 준비물은 따로 필요 없을 것이다.

차라리
잠을 더
주무시길

　　인생의 모든 순간에 열정을 주려다가는 많은 걸 놓쳐. 때로는 오직 현재의 너를 위해 살아야 해. 스스로 돌볼 줄 알아야지. 우리 부산에 갈 때도 휴게소를 두 번이나 들렀잖아. 고작 몇백 키로도 쉬어 가야 하는데 하물며 인생길은 어떻겠니. 천천히 가도 아무도 뭐라 하지 않아. 사람들은 생각보다 남 일에 관심이 없거든. 지레 겁먹고 조급할 필요 없어. 내일 뛰려면 오늘은 충분히 자 둬야지. 안 되는 게 있으면 붙들고 있지 말고 일단 눈부터 붙여. 지금 이 시간을 몽땅 현재의 너를 위해 쓰도록 해. 그래도 된다고 자기 자신에게 허락해 줘. 그러면 돼.

지친 줄도 모르고 지쳐 가고 있다면

III

이해할 수 없는 것들의 망망대해

깁스와
시간

뼈는 강도로 치면 알루미늄이나 철만큼 단단한데 크게 충격을 받으면 금이 가거나 부러지기도 한다. 특히 혈기왕성한 유년 시절에는 뛰어놀다가 뼈를 다치는 애들이 꼭 있었다. 중학교 2학년 때 내 짝궁이었던 애가 그랬다. 걔는 초등학교 때도 팔이 한번 부러진 이력이 있었는데 또 어디서 뛰어놀다가 크게 다쳐 온 것이다. 한데 뼈가 부러지는 일에도 경력이 쌓였는지 걔는 꽤나 태연하게 받아들이고 있었다. 어차피 뼈는 부러져도 수술한 후에 잘 고정해 두면 서서히 본래 모양대로 붙는 거라고 친절히 설명해 줄 정도로.

우리 삶도 이따금 꽈득 부러질 때가 있다. 세상으로부터, 사람으로부터 또는 사랑으로부터. 그럴 때는 뼈를 다쳤을 때처럼 즉각적인 조치가 이루어져야 한다. 부러진 뼈를 치료하는 데 깁스와 시간이 필요하다면 삶을 치유하는 데는 기댈 곳과 휴식이 필요하다. 무조건적으로 내 편을 들어 주는 사람과 통화 한다거나 편히 쉴 수 있는 혼자만의 공간을 찾아가는 등 방법은 중요하지 않다. 자신만의 기댈 곳을 찾고 충분히 휴식할 수 있다면 부러진 삶도 서서히 치유가 가능하다. 험난한 시대를 살아가는 연약한 개인들이여, 부디 상처를 다스려 낫게 하시길!

잘 웃고
홀로 힘든
사람들

　　에스키모인들은 화가 나면 무작정 들판을 걷는다
고 한다. 지칠 때까지 걷다가 화가 풀리면 그 지점부터 돌
아오면서 분노의 이유를 헤아린다고. 친구와 나는 에스키
모인들의 그런 일화에 대해서 이야기 하다가 함께 키득거
렸다.

　만일 화가 풀리지 않으면 영영 돌아오지 못하는 건가?
우리 같은 사람들이 에스키모인들을 따라 하다가는 지구
한 바퀴를 횡단할지도 모르겠는걸.

　역시, 잘 웃고 홀로 힘든 사람들끼리는 뭔가 통하는 게
있다. 화를 내야 할 때조차 허허 웃어 버리는 나, 착하고
싶기에 매번 바보가 되기를 자처하는 너. 참고 살다 보면
화가 거듭 쌓이니까 우리는 가끔 만나 이런 얘길 하면서
홀홀 털어 내는 시간을 가졌다.

우리같이 착한 사람들이 있으니까 세상에 따뜻한 구석이 그나마 남아 있는 게 아닐까? 나는 그래 그렇지, 하고 끄덕였다. 농담 섞인 말이었지만 나는 그 말이 부쩍 마음에 들었다.

이어서 내가 덧붙였다. 그래도 때에 따라 사람을 모질게 대할 줄도 알아야겠어. 세상살이엔 좀 영악해질 필요가 있는 것 같아. 친구도 그래 그렇지, 하고 대답했다. 겨울이 차츰 다가오던 밤 종로, 우리는 청계천 산책로를 따라 힘에 부칠 때까지 걸었다.

그래도 나를 공감해 줄 수 있는 사람과 걷고 있으니, 또 저 멀리 알래스카에서도 비슷한 사연으로 걷고 있을 사람들을 생각하니 마음이 뭉글했다. 나는 그런 우리에게 다음과 같은 주문을 외어주고 싶다. 우리의 잘못은 아니야, 우리의 잘못은 아니야, 절대, 우리의 잘못은 아닐 거야.

열자마자 쏟아질 슬픔을 우리는

아무도 모르게 껴안고 살아가네요

내가
남겨 둔
희망

 늘 그렇듯 삶은 물결처럼 술렁였다. 절망의 시기
가 있으면 기쁨의 날이 찾아오기도 했고, 상처받은 마음
에 다시 사랑이 움트기도 했다. 흘러가는 겹의 굴곡. 이제
는 헤아릴 수 있다. 희망은 얼마든지 고통으로 바뀌기도 하
지만, 고통 역시 희망으로 건너가기도 한다는 것을. 그리하
여 여전히 기대를 남겨 둔다. 찬연한 희망이 나를 외면하
지 않을 거라고. 아직은 오지 않은 봄날이 기필코 도착할
거라고.

상처받을지도 모르는
거리를
내어 주는 일

가장 곁에 있는 사람일수록 나에게 가장 많은 상처를 줄 수 있는 사람이라는 것. 어떻게 하면 가장 효과적으로 나를 파괴할 수 있는지 아는 사람들. 하지만 때론 곁을 너무 쉽게 허락해 버리곤 후회. 나는 태양을 가지려다 손이 다 타버린 사람. 헐어 버린 마음을 가졌던 늦여름 8월은 얼마나 아렸는지.

네가 옳을지도
모르지만
결정은 내가 해

　　나도 모르는 나를 발견하고, 도전하고, 새 길을 내
는 과정. 그것은 즐거운 과정인 동시에 주변의 잡음을 견디
는 과정이기도 하다. 꼭 무언가 시작하려고 하면 초장부터
김빠지는 소리를 하는 사람이 한 명쯤은 있지 않은가. 너
는 글을 못쓰는데 어떡하냐는 말도 그랬고 운동한다고 체
지방이 그리 드라마틱하게 빠지진 않을 거라는 말도 그랬
다. 하지만 그런 말을 들을수록 더 오기가 생겼다. 네가 뭘
안다고. 내 한계는 오직 내가 결정하는 것이니까 타인의 말
에 감정을 지불하지 않기로 한다. 점점 답에서 멀어지더라
도 뭐 어떤가. 내가 원하는 길이라면 답에서 멀어지는 엉
뚱함조차 즐거울 것이다. 남들이 하는 말만 따라가다 보면
남들의 인생을 대신 살아 주는 것밖에 되지 않을 테니까
매 순간 주체적으로, 자유롭게 자유롭게 뻗어 나가자!

상처에는
더치페이가
없다고

　류와 나는 서로 가장 후회하는 것들에 대한 이야
기를 하고 있었다. 평일 늦은 저녁. 거리는 제법 한산했고
괜스레 붕 뜬 기분이 드는 가을날이었다. 하루아침에 안
볼 사이가 되어 버리는…. 그런 허무한 관계들이 정말 부
질없는 거 같아. 류는 소주를 꺾어 마시며 말했다. 입김처
럼 사라지는 것들에 연연하지 말자고. 나는 입김이라는 표
현이 제법 마음에 들었다. 나도 사람 사이 일이 늘 그런 것
이라고 생각했다. 류는 상처에 더치페이가 없다고도 했다.
언제나 불공평하다고. 당하던 사람이 또 당하고 그런 거라
고. 물론 나를 두고 한 말이었다. 사람은 알 수 없다고, 그
러니 완전히 믿지 말라고 당부했다. 곤경에 빠지는 건 뭔가
를 몰라서가 아니라 뭔가를 확실히 안다는 착각 때문이라
는 영화의 대목을 기억하라고.

잃고 나면 얼마나 소중했는지 알 수 있다는 말도

잃어 보기 전에는 결코 느낄 수 없지

파도가 몰려올 거라 생각했는데

온 우주가 단숨에 무너지네

이해할 수
없는 것들의
망망대해

　　그냥 상황이 나빴던 거라고 생각해. 사람 자체가
나쁜 건 아닐 거야. 그 사람도 누군가에게는 소중한 자식
이고 친구겠지. 너랑 좀 안 맞는 것뿐이야. 다들 사연 하나
쯤은 가지고 살잖아. 우리가 알 수 없는 그 사람의 입장이
있을 거야. 편드는 게 아냐. 우린 이해할 수 없어도 끄덕이
는 법을 배워야 해. 세상은 언제나 그런 것들 투성이거든.

미드나잇 블루

가깝다 생각했던 사람들은
언제 그랬냐는 듯 남이 되어 버렸고
오히려 먼 사람들에게
속 이야기를 더 편히 꺼내 놓는다
누가 나의 사람이고 누가 아닐까
도대체 어떤 진심을 믿어야 할까

운명선

운명이 거기까지, 라고 불러 세울 때

고민 않고 선을 넘어갈 수 있다면

우린 그걸 사랑이라고 부르지

지친 줄도 모르고 지쳐 가고 있다면

사랑은 우리에게
많은 색을
가르쳤어요

　　술기운이 있는 채로 네가 기다리던 카페에 갔을
때, 너는 미리 사 두었던 헛개차를 내게 건넸지. 항상 나를
염려해 주는 누군가가 있다는 건 참 포근한 일이었어. 그
런 순간을 표현하라고 사람들은 분홍을 발명한 게 아닐까.
하지만 그 일이 늘 그렇듯 가장 황홀한 것도, 끝까지 괴로
운 것도 사랑이어서 우리는 더 많은 색깔을 배워야만 했
지.

　염라 같은 얼굴로 나를 집에서 내쫓던 너에게선 푸른 번
개의 색, 말없이 돌아서던 너의 등에서는 깨진 바위의 회
색. 수많은 빛깔들이 교차와 확장을 반복하고 나는 아는
게 힘인지 모르는 게 약인지를 고민하며 사랑한다는 말을
자주 하였지. 그 말들을 수거해야겠다고 다짐했을 때 너는
헛개차를 가방에서 꺼냈던 거고, 나는 다음 날 분홍 장미

를 사러 갔어.

　장마가 시작되기 전 여름. 우리는 너무 많은 색깔들을 배우느라 머리가 아팠고, 여념이 없었고 우린 서로를 잘 모른 채로 산란한 시절을 보내고 있었지. 미국의 시인이었던 로버트 프로스트가 말했듯이 사랑은 거부할 수 없는 열망이었어. 그래서 솜사탕 같은 연분홍도 비 오는 하늘의 잿빛도, 그 어느 쪽도 우리는 거부할 수 없었던 거야.

　　　　지친 줄도 모르고 지쳐 가고 있다면

눈물
거울

슬픔이 있기에 기쁨과 행복이 존재하는 거라면, 내가 있기에 세상도 아름다울 수 있다고 다정한 태도를 가져도 좋겠다. 내 눈물로 스스로를 비출 순 없겠지만 그 눈물이 머금은 빛으로 세상을 비출 수 있을 거라 믿는다. 청진기를 대면 심장은, 언제나 뛰고 있을 것이다.

삶이 무의미하기에

인간은 그 자신만의 의미를 만들게 된다

_ 스탠리 큐브릭 감독 Stanley Kubrick

만약에
만약에

　　그 사람은 내가 사람을 죽였다고 해도 내 편을 들
어 줄 거야. 내 사정을 가장 먼저 물어 줄 거고 어쩌면 함
께 도망가 줄지도 모르지. 세상이 다 등을 돌려도 그 사람
만큼은 남아 줄 거 같아. 그래서 아무리 치고 박고 싸워도
결국은 화해하고 웃게 되더라.

　　매일같이 싸우는 모습 때문에 그들의 만남이 늘 의문이
었는데 또 저런 말을 듣고 보니 약간은 이해가 됐다. 그리
고 문득 궁금해졌다. 만약 내가 누군가를 죽인다 해도 내
편을 들어 줄 사람이 있을까? 술기운에 찬 비유가 다소 과
격하지만 한 번쯤은 생각해 봄 직하지 않은가?

　　도덕과 윤리, 그 모든 것들 너머의 사랑은 어떤 것일지
가늠이 되지 않았다. 그만큼 사람을 믿을 수 있다는 것도
신기했다. 내심 부러웠달까. 사랑한다는 말이 함께 도망치

자는 말이 될 수 있다는 건 어느 쪽으로나 낭만적이었다.

그런 사랑이라면 치사랑이어도 좋겠다. 한껏 빠져서 익사해 버려도 좋겠다. 구태여 친구의 말을 그대로 옮겨 적어 보는 것은 내심 부럽기 때문이다. 찰나여도 그런 사랑이 한 번쯤은 내 인생에 들어오기를. 내가 가진 가장 좋은 걸 준비해 둘 테니.

시간이
없다고
너는 그랬지

어제 시간이 없어서 숙제를 못 했어요.

말이 끝나자마자 담임 선생님은 내 이마에다 꿀밤을 콩 때리며 말씀하셨다.

준아, 시간은 만들면 다 있는 거야.

초등학교 4학년, 첫 학기를 시작한 지 얼마 되지 않은 4월의 일이다. 시간이 부족했던 게 아니라 숙제할 마음이 없었던 거라는 선생님 말에 아무 반박도 할 수 없었던 이유는 그 말이 빈틈없이 옳았기 때문이다. 교탁 옆에서 꿀먹은 벙어리처럼 아무 대답도 못 하고 부끄러워했던 느낌이 지금까지 더듬어진다.

시간이 없다는 변명을 자주 듣고 있다면 생각해 볼 일이다. 정말 시간이 없어서가 아니라 딱 그 정도의 마음이었던 게 아닐까. 시간을 들이려면 그만큼의 관심이 필요하다. 담임 선생님의 말대로 시간은 만들면 다 있는 것이니까 모든 건 마음의 크기에 달려 있으리라. 그러니 매번 잘 번역해 들어야 한다.

미안해, 시간이 없었어. (그만큼 마음이 없었어.)

말의
수명

　　우리는 종종 표현을 감춘다. 어떤 이유로 표현을
유보했건 그 말들은 곧장 무덤으로 간다. 그곳엔 아주 많
은 단어들이 잠들어 있다. '고맙다'는 평범한 말부터 '보고
싶다'는 끝없는 말까지. 살면서 가끔은 그 무덤에 있는 말
을 다시 꺼내고 싶어질 때가 있다. 끝내 하지 못한 말이 늦
게나마 후회된다거나 이제서야 무언가 번뜩 깨달았다거나.
애련하게도 그 말엔 이미 생명이 없다. 모든 말에는 수명이
있고 시간은 속절없이 흐른다. 어떤 경우는 그 말을 들을
사람이 이미, 세상에 존재하지 않는다.

지친 줄도 모르고 지쳐 가고 있다면

Melancholy

　'행복'이라는 단어를 검색했더니 천이백만 개의 사진이 나왔다. 사람들은 어떨 때 행복해할까? 꽃을 선물 받은 사진도 있고 취미 활동에서 행복을 찾는 사람도 있었는데 유독 누군가와 함께 찍은 사진들이 검색 결과에 많이 보였다. 그만큼 아울러 있는 것이 행복을 준다는 뜻으로 넘겨짚어 해석해도 되려나. 나에게도 오직 함께였기 때문에 좋았던 날들이 있었다. 혼자보다는 둘이어서, 다섯이어서, 모두여서 좋았던 기억들. 인간을 두려워하면서도 인간을 단념할 수 없었던 요조[1] 의 마음도 그런 것이었을까. 사람을 잘 믿지 못하면서도 완전히 포기하지는 못하는 멜랑꼴리. 꼭 누군가와 함께해야만 행복한 건 아니지만 함께여서 느낄 수 있는 행복을 모르고 사는 건 너무도 무미건조한 삶이 아닌가.

1　일본의 소설가 다자이 오사무가 1948년 발표한 소설 『인간실격』의 주인공으로 유약하며 인간을 두려워하면서도 멀어지지 못하는 성격의 소유자이다.

붉은
얼굴들

　　늦은 오후였다. 동네 분식집에서 끼니를 때우다
가 옆자리 남자들이 하는 이야기를 엿듣게 되었다. 쩌렁쩌
렁한 목소리 때문에 굳이 귀 기울이지 않아도 다 들렸지만
어쨌거나 엿들었다는 표현이 적절할 것이다. 회색 점퍼를
입은 남자가 먼저 열을 내고 있었다. 우리 팀이 뭐, 열심히
안 한 것도 아니고 *최선을 다했는데도* 그런 말 들어야 하
나?

　전후 사정은 알 수 없지만 네가 다 책임질 거냐, 네가 뭐
라도 되는 줄 아냐, 는 말을 들었다는 걸로 봐선 상사에게
호되게 당한 것 같았다. 반대편 사람은 그의 말을 그저 묵
묵히 들어 주고 있었다. 먹다 만 김치찌개와 다 비운 소주
두 병, 빨갛게 달아오른 얼굴에 촉촉해진 눈가를 보니 상
황을 알 것도 같았다.

그저 수고했다는 말, 고생했다는 말 한마디여도 족했을 텐데 조금만 더 상냥해질 순 없는 걸까. 며칠 전 웅이의 연락도 그랬다. 첫 마디가 나 나간다고 말했어, 였고 더이상 못 다니겠다는 말이 그다음이었다. 웅이의 말을 끝까지 듣고 있으니 분하고 억울해하던 분식집 남자의 모습이 오버랩되었다. 얼마나 답답했으면 새벽 두 시가 넘었는데 전화를 다 했을까.

나는 웅이에게 괜찮다는 말은 하지 않았다. 우리 정말 안 괜찮으니까 더 열렬히 살아 내자고 했다. 아무 데나 찍혀 있는 점 같은 삶은 살지 말자고도 했다. 이 세계의 붉은 얼굴들이여. 누구의 탓도 아니라고 하면 조금은 위로가 될까. 내 목소리가 가닿을 수 있다면 우리 붉어지지만 말고 밝아지자고 전하고 싶다.

우리의 까진 맨발과 푸들거리는 손가락을 나는 끝까지 응원하겠다.

할 수 있다, 는 아주 간단하고 진부한 믿음 없이

해낼 수 없는 일은 무엇도 없으니

누구보다 열렬히 자신을 믿기를

더
멈춰
돌아보는 일

사람이든 물건이든 한껏 정리하고 비워낸 후에 혼자만의 시간을 가져 보면 알게 된다. 살아가는데 많은 사람이 필요한 것도, 많은 물건이 필요한 것도 아니었구나. 수많은 사람들 중에 아주 일부만이 나를 귀히 여길 것이고, 극히 일부의 물건만이 나에 대한 기억을 불러일으킬 것이니까. 더러 멈춰 돌아보면서 버릴 것은 과감히 버려야 하겠다. 삶이 가벼워져야 마음 써야 할 곳도, 진심을 주어야 할 대상도 분명해지는 법이다.

지친 줄도 모르고 지쳐 가고 있다면

일상
온도

아주 작고 하찮은 순간들에서
삶은 오히려 생기를 되찾는다
바쁜 와중에 마시는 한 모금 커피
잠시 나누는 시시콜콜한 대화들
오십 분짜리 드라마 한 편을 보면서
배달 음식을 기다리고
레몬 라벤더 양초에 불을 켜는
미지근한 일상의 온도가 참 좋다

IV

오래 믿는다면 그것이 현실이 될 테니까

여기
바로
지금

끝까지 버텨서 종착역에 가면 행복이 있다고? 삶의 종착역은 죽음이다. 아마존에 황금의 나라가 있다고 믿었던 사람들은 결국 그 엘도라도를 찾지 못하고 모두 죽었다. 오지 않은 미래는 아직 오지 않았으므로 환상을 갖게 하는데, 그래서 위험하다. 미래만을 상상하는 사람에게는 현재의 행복이 보이지 않으니까. 삶은 언제나 코앞에 있고 한 치도 유예할 수 없는 바로 지금이니 무작정 즐기기보다 되도록 많은 순간들을 세심하게 가꿔야 하겠다. 언젠가 뒤돌아보았을 때 선연한 정원이 펼쳐지도록.

미세한
가능성은
언제나 있다

팔을 뻗어본다. 팔은 거기까지가 한계다. 제자리에서라면 그렇다. 하지만 내겐 멀쩡한 두 다리가 있다. 풀죽은 채로 지쳐 돌아온 날, 나는 최대한 편한 옷으로 갈아입고 산책을 나간다. 늦은 시간 아무도 없는 거리로 나가 발걸음을 옮길 때 나는 팔의 한계를 벗어난다. 아무리 힘들어도 내 안에 소진될 힘이 여전히 남아 있다는 걸 산책을 통해 확인하는 것이다.

어느 칼럼 지면에서도 비슷한 얘기를 읽은 적 있다. 이젠 정말 끝이라고 느낄 때 팔굽혀펴기를 한번 해 보라고. 한 세트가 아니라 딱 1회만 시도해보기를 권했다. 자기 안에 여전히 힘이 남아 있다는 걸 인지하는 가장 빠른 방법이랬다. 그래도 내 경우는 팔굽혀펴기보다는 산책을 선호하는 편이다.

어쩐지 애련하고 막막한 생각이 들 때면 밖으로 나가서 일단 걸어 보라 말해 주고 싶다. 세상이 다 끝난 것 같다가도 어느새 아주 담담히 걸어가는 한 사람이 되어 집으로 돌아올 수 있을 테니까. 주어진 환경에 굴복하지 않고 자기 안에서 나아갈 힘을 찾으려는 사람은 그리 흔치 않을 테지만, 또 누군가는 그걸 기어이 해낸다.

그럼
갈까?

걷기 편하게 터놓은 오솔길은 산책하기엔 안성맞춤이지만 체력과 정신력을 키우고 싶으면 가파른 산길을 등정해야 한다. 앞서간 사람이 없어서 이정표도 표지판도 없는 곳이라면 더욱 좋을 것이다. 뻔하고 안전한 길로 가서는 아무런 성장도 기대할 수 없다. 어렵고 험준한 길을 걷기로 결심할 때, 결심에 그치지 않고 발을 내디딜 때, 걷다가 넘어지고 거듭 일어설 때 우리는 겨우 성장한다.

어떤 넘어짐은 또 어떤 이어짐이어서

우린 영락없이 걸을 수 있지

붉은
열의

엄마는 어릴 적에 도자기 굽는 곳에 간 적이 있다고 했다. 장인 한 명이 운영하는 공방이었고 바닥에는 깨진 도자기가 즐비했다고. 때마침 장인은 도자기를 다 구워 요리조리 훑어보고 있었는데 작품이 만족스럽지 못했는지 이내 깨트려 버리려 했다는 것이다. 그 찰나를 비집고 들어온 엄마의 질문. *아저씨, 그거 깨면 너무 아까운데 저희 주시면 안 돼요?* 남자는 그 질문에 아주 짧은 대답만 남겼다고 한다. *안 돼.*

나는 그 이야기를 듣는 동안 장인이 창작에 쏟는 열의를 가늠해 보았다. 공들여 만든 결과물을 깨부수고 다시 빚어내고 또다시 깨트리는 과정이 결코 순탄치 않았을 텐데, 그 정도로 열렬해질 수 있는 일이 있다면 위독해도 행복하겠다 싶었다. 어떤 고통이 있더라도 그는 자기 일을 끝까지 견인했을 것이다. 흘러가는 대로 살다가도 그 도자기 공방 이야기를 가만히 떠올리다 보면 가슴에서 얼핏 간절해지는 무언가가 있다.

극복
프로토콜

　　외국 산악인이 히말라야를 등정하는 모습을 다큐
멘터리를 통해 보게 되었다. 언뜻 봐도 고산지대였고 눈발
이 심하게 흩날리는 악기상이었다. 눈에 띈 건 그 남자의
비정상적인 옷차림이었는데, 꽁꽁 싸매도 모자랄 기후 속
에서 반바지 차림을 하고 있는 게 아닌가. 내가 그의 복장
을 눈치챘을 때쯤 그가 말했다.

　저는 제 몸과 알프스의 기후를 최대한 동화시키기 위해
서 반바지만 입고 등정합니다.

　뒤따라가던 동료는 이해할 수 없다는 표정으로 고개를
절레절레 흔들었지만 남자는 맨살이 눈 더미 속으로 푹푹
빠지는데도 아랑곳 않고 걸었다. 실제로 그런 방법이 등정
에 도움이 되는지는 알 길이 없지만 너무나 생경한 장면이
아닌가. 상상만으로도 오싹한 히말라야에서 면 반바지 차

람이라니.

'임기응변 - 적응 - 극복'

오래전 줄공책에 적어둔 이 메모가 문득 떠올랐다. 상황
에 맞게 대응하고 꾸준히 적응하다 보면 결국은 이겨 낼
수 있다는 일종의 극복 프로토콜. 그 남자도 히말라야의
악조건 속에서 이와 같은 생각을 한 게 아니었을까? 어려
운 환경에 최대한 적응하는 것으로 끝내 극복해내겠다는
그의 저벅저벅을 나는 꽤나 닮고 싶은 마음이었다.

자신의 처지에 불만이 있을 때,
우리는 그것을 두 가지 방법으로 바꿀 수 있다
즉 자신의 생활 조건을 개선하는 것이고,
또 하나는 자신의 마음을 개선하는 것이다
앞의 것은 언제나 가능하다고 할 수 없지만
뒤의 것은 언제라도 가능하다

_ 미국 사상가 랄프 왈도 에머슨 *Ralph Waldo Emerson*

오래전부터
오직 너만을
기다리고 있는 빛

　　　고민하는 친구가 있었다. 새로운 일에 도전해도
될지 잘 모르겠다고. 나는 그 일에 대해 아는 바가 없지만
한 가지는 확실하다고 말해주었다. 시도하면 가능성이 생
기지만 그렇지 않으면 애초에 가능성은 제로야. 나도 출발
선에 서면 매번 두렵다. 잘 해낼 수 있을까, 못하면 어쩌지.
수백억 개의 원자들이 오가듯이 고민을 해 보지만 도전해
보기 전까진 아무도 모르는 일 아니겠나.

　예전에 살던 기숙사 1층에 자판기가 있었다. 콜라 하나
에 30루블. 당시 환율로는 천이백 원 정도 되었다. 그런데
동전이 두 개밖에 없는 것 아닌가. 방에 다녀와야겠다 싶
었을 때 옆에 있던 규가 그랬다. 이럴 때 가방 안에 한번
봐야 돼. 꼭 하나씩 구석에 박혀 있다고. 어차피 밑져야 본
전이니 가방 속 작은 포켓까지 뒤져 보았다. 다음 상황이

예상되지 않는가?

거짓말처럼 있었다. 10루블짜리 구리색 동전이. 아니, 이
게 있다고? 굳이 확인하지 않았다면 절대 찾지 못했을 텐
데. 어쩌면 시도라는 것은 혹시 있을지도 모르는 동전을
찾기 위해 가방을 열어 보는 일과 다르지 않을 것이다. 혹
여나 찾지 못하더라도 어떤가. 일단 시도해 본다면 미약한
가능성이라도 조금씩 만들어 내는 셈이다. 그런 의미라면
자판기 밑에도 떨어진 동전이 있는지 허리 굽혀 한번 살펴
보는 것도 좋지 않을까?

우리가 언제는
대단한 걸
했던가요

　　오늘은 일찍 자야지. 내일 아침엔 이불을 개고 배
갯잇을 빨아야지. 오후가 되면 사람들이 많이 지나다니는
거리로 나가 정처 없이 쏘다녀야지. 애써 의미를 찾지 않고
하루를 보내다 저녁이 되면 익숙한 이름들을 불러야지. 고
기 먹자! 단 두 마디로 일사불란하게 모이는 벗님들. 무기
력할 때는 이렇게 작은 결심들로 하루를 채운다. 당장 서
울에 아파트를 살 만큼 돈을 벌거나 어려운 시험에 덜컥
합격할 수는 없겠지만 아침에 일어나 이불을 개는 것처럼
백 퍼센트 달성할 수 있는 목표는 얼마든지 있다. 삶을 컨
트롤 할 수 있는 힘이 언제나 내 안에 있다는 것을 깨닫는
것이 포인트다. 자주 잊고 살지만 신기하게도 우리 안에는
그런 힘이 있다.

여전히
희망

성공이 인생의 완성이 아니므로
실패도 인생의 결말이 아니기에

암실

미술 선생님이 그랬다. 빛이 시작되는 바로 그 지점이 가장 어둡다고. 가장 어두운 지점을 통과하면서 대상은 서서히 밝아진다고. 빛 직전의 암흑을 견디는 것. 그것만이 밝은 다음으로 나아갈 수 있는 유일한 길이 아닐까.

지친 줄도 모르고 지쳐 가고 있다면

그리하여
시작되는
것들

　　넘어지고 다치고 멍들고, 또다시 치유되며 새살이
돋아나는 과정. 우리에겐 그런 과정들이 있고, 또 필요하
다. 고난을 견디는 과정이 없다면 우리는 쇠약해진다. 단
순히 먹고 자고 생리 현상을 해결하며 '사는' 것이 아니라
도전하고 사랑하고 '살아가려는' 존재일 때 삶은 시작된다.
빛의 가능성을 머금고, 비로소.

가고자
하기 때문에
넘어지는 일

어릴 때 한약처럼 쓰고 맛없는 걸 먹을 때는 엄지
와 검지로 코를 막곤 했다. 그러면 아무 맛도 느껴지지 않
았다. 콧속의 공기 흐름이 끊겨서 냄새 입자가 차단되는 것
이다. 인생도 그렇게 쓴맛 모르고 살 수 있다면 얼마나 좋
을까. 아무 일도 없는 것처럼 칠레팔레 살 수 있다면… 이
런 나의 나태한 마음을 찌른 시구가 있었다. '잎사귀를 허
물지 않고 겨울을 나는 나무는 병든 나무다. 스스로 잎사
귀를 버리는 힘으로 나무는 겨울을 건너간다.[1]' 시인은 찬
란하고 아름답게 겨울을 지나갈 방법은 없다고 말하고 싶
었던 것 같다. 오히려 무너지는 힘으로 말미암아 다음으로
나아갈 수 있다고. 어제는 친구와 이태원동 꼭대기까지 뛰
었다. 무지 큰 빌딩도 쬐끄만해 보일 정도로 높은 곳이었
다. 멀찍이서 내려다보니 꽤나 청량한 기분이 들었다. 인생

1 류근 『어떻게든 이별』 중

은 멀리서 보면 희극이라고 했던가. 일상이 팍팍하기만 해도 삶이 꼭 그런 것만은 아닌 것 같다고 나는 말하고 있었다.

삶이 언제 바라던 대로만

흐른 적이 있었던가

끝이 아니라고
말하는
입술

세상은 계속해서 질문을 던진다. 빠른 직구를 주기도 하고 때로는 아래로 꺾이는 커브볼. 나는 경기 중에 홀로 맞서는 타자처럼 서 있다. 세상이 던지는 질문은 원치 않아도 반드시 대답해야 하는 것이어서 항상 베트를 쥐고 있는 나. 우물쭈물 휘두르지 못한다면 그 볼은 스트라이크. 대답하지 않는 것조차 대답이어서 자주 난감하고, 선뜻 대답해 버린 것은 때로 담장을 넘어가 다신 돌이킬 수 없네. 나의 입술은 끝이 아니라고 발음하며 다시 베트를 움켜쥐지만 공은 쉬지 않고 날아오고 어떤 것이 정답인지 도무지 알 수 없는 채로 우두커니.

지친 줄도 모르고 지쳐 가고 있다면

흔들려도
돌아오자

연못에 수련이 번지듯 감정이 온 정신을 지배할 때가 있다. 내가 감정의 주인이 되어야 하는데 오히려 반대가 되는 것이다. 하지만 어떤 감정이건 시간이 지나면 묽게 희석된다. 끝내는 증발하기에 이르는데 증발하고 나면 그 감정은 없다. 그렇다고 내가 없어지진 않는다. 봄과 겨울이 수십 번 왔다가도 존재라는 심지는 생을 다할 때까지 자리를 지킬 것이다. 그러니 마음껏 흔들려도 좋겠다. 우린 언제나 삶의 정상 궤도로 다시 돌아올 수 있을 테니까.

우리는
너무도
다르고

　　누구나 자신이 오해받는다고 여긴다. 그런 뜻은
아니었는데 매번 그런 뜻이 되어버리고 우리는 아주 협소
한 단서들만으로 평가받는다. 다른 것과 틀린 것을 구분하
지 않기 때문에 세상은 더욱 건조해지고 너무도 나약해진
개인들이 억새풀처럼 겨우 서 있다. 하지만 나 자신만큼은
나를 이해해 줄 것이고, 적어도 나는 다른 것을 틀렸다고
이야기하지 않을 테니까. 그러니까 자신이 할 수 있는 일을
묵묵히 해나가면 된다. 그러지 않으면 이것이 삶인지 서커
스인지 자꾸만 반문하게 될 것이다.

　　지친 줄도 모르고 지쳐 가고 있다면

안으로
조금 더
안으로

    밖으로만 치닫는 마음을 경계해야 한다. 더 넓은 우주는 내면에 있고 안으로 멀리 뛸수록 행복에 가까워질 수 있다. 타인은 나에 대해 아무것도 규정할 수 없으며 남들의 시선은 일관적이지 못하다. 내면의 자아와 오래 소통하는 사람만이 타인의 말에 휘둘리지 않고 궁극적으로 진정한 자신의 모습을 찾을 수 있게 된다.

행복은
강도가 아니라
빈도라고

아무 날도 아닌 초저녁. 추리닝 차림에 검정 봉지를 들고 골목길을 걸었다. 하하 호호 무슨 농담을 했었는진 기억나지 않는다. 우리는 양념 치킨을 시켜 두고 편의점에 다녀오는 길이었다. 배달은 잠시 집을 비운 사이에 문 앞에 이미 도착해 있었다.

나는 접이식 탁자를 펴고 장 봐온 것들을 내려놓았다. 맥주, 일회용 접시, 아몬드 캔…. 한 명은 치킨 무에 있는 물을 바짝 빼고 나머지 한 명은 예능 프로를 고르고. 서쪽으로 난 창문으로 노을이 번졌고 두 살 된 고양이가 창밖으로 그 노을을 보고 있었다.

그저 모든 게 자연스러웠다. 더하거나 덜어낼 것 없이 소소한 순간들. 우리는 평범한 시간을 행복의 모양으로 다듬을 줄 아는 사람들이었다. 얼마나 큰 행복을 획득하는지가

아니라 얼마나 자주 행복한 시간을 만들 수 있는지가 중요
하다는 것을 잘 알고 있었으니까.

느슨하게
포기하기

이 도시는 커다란 환승역 같다. 오고 가는 사람들로 붐비지만 아무도 멈추려 하지 않는다. 시대는 지나치게 과열되었고 정신은 쉬어 갈 틈이 없다. 그 밀도 속에서 나는 멈춘다. 다만 느슨하게 멈춘다. 완전히 단념하는 것이 아니라 돌아감을 기약하고 잠시 내려 두는 것. 여행을 떠나거나 사람을 만나기보다는 시간을 전부 비워 두는 쪽을 택한다. 일상을 비워 놓는 행위도 삶에 대한 열의로 해석할 수 있지 않을까? 시간이 필요하다면 얼마든지 쉬어도 좋아, 대신 항복하지는 마. 나는 스스로에게 그리 부탁한다. 아무리 가느다란 실이라도 끊어내지만 않는다면 다시 그 실을 따라 걸을 수 있을 테니까.

지친 줄도 모르고 지쳐 가고 있다면

스트레스의
반대말은
디저트

맛있는 거 먹고 스트레스받지 말자고. 바쁘게 사는 건 오히려 가장 나쁜 종류의 게으름이야. 바쁘다는 핑계로 몸도 안 챙기고 관계에도 소홀하잖아. 행복이 항상 자신을 향하도록 해야 하는데 반대로 밀어내고 있는 모습이랄까? 가을이 금세 비켜 가고 겨울이 얼마나 빨리 오는지 모르는 사람이 되지 말자. 그토록 염원하던 '그날'이 우리가 다 박살난 뒤에 오는 거라면 그게 다 무슨 소용이냐고.

미래에 사로잡혀 있으면

현재를 있는 그대로 볼 수 없을 뿐만 아니라

과거까지 재구성하게 된다

_ 사회철학자 에릭 호퍼 Eric Hoffer

유난히
창문이 많은
오후

오후 두 시 반. 나는 가로수 어느 카페에 앉아 있다. 바깥 테라스에 자리 잡고 한참 동안 거리를 구경하는 중. 낮달 아래로 흐르는 구름과 생기있게 거리를 걷는 사람들. 건너편 카페에서 수다를 떠는 이들의 바쁜 입술을 지켜보다 다시 하늘을 주시한다. 가을날 채광은 묘하게도 기분을 들뜨게 만드는 것 같다. 그로 인해 잠시나마 활력을 되찾고 해묵은 고민들에 대해서도 조금은 의젓해진다. 아무렴 어때. 얼굴에 난 작은 뾰루지가 하루의 기분을 망쳐 버리기도 하지만 실은 얼마 안 가 없어질 문제가 아니던가. 모든 사건은 마음이라는 창문을 통해 증폭되거나 축소된다. 때문에 중요한 건 어떤 태도로 살아가느냐일 것이다. 큰 문제도 작게 생각하면 얼마든지 작아질 수 있으니 웃지 않고 살아갈 이유가 없다. 아무렴 어때. 내 삶엔 커피도 있고 찬란한 가을도 있는걸.

지친 줄도 모르고 지쳐 가고 있다면

오늘도
터질듯한 마음을
눌러 담고 있니

너무 열심히 살지 마. 그만하면 됐어.

내가 듣고 싶었던 말. 하지만 끝내 듣지 못한 말.

열심히 해서 성공해야지, 악착같이 살아야 해.

그렇지 않으면 죽는 거라고 사람들은 주술을 걸지.

하지만 그 대가가 사랑하는 사람을 만나지 못하고

하고 싶은 일을 뒤로 미루는 거라면

우린 너무 비싼 비용을 지불하는 게 아닐까.

사랑도 사람도 없는 거라면

그게 삶이 될 수 있는 걸까.

미열

삶이라는 직업을 가지고
등으로 우는 나날들
아무도 모르겠지만
웃는 일조차 내겐 버릇 같아서

지친 줄도 모르고 지쳐 가고 있다면

살다,가
아니라
살아 내다

우리는 죽을 때까지 한순간도 빠짐없이 살아야
한다. 햇살이 따사로운 날에도, 억수같이 비가 오는 날에
도 같은 자리를 지키는 나무처럼 말이다. 따귀를 갈기듯
불어오는 바람이 두렵지 않다면 거짓말이겠지만, 나는 그
바람을 담담히 견디는 사람으로 한평생 살아 내고 싶다.
슬픔조차 긍정하는 안간힘으로….

실은

괜찮아
아무렇지 않아
죽을 것 같아
너무 힘들어
실은 다 같은 말이라는 것
전혀 괜찮지 않다는 것

내 삶도
어쨌든
삶이라서

고생과 불행, 결핍이나 불운이 없었다면 인간은 여전히 직립 보행 하는 원숭이에 지나지 않을 것이다. 그것들은 우리를 옭아매는 것이 아니라 자유를 꿈꾸게 하고, 또 쟁취할 수 있게 하는 힘을 불어넣어 준다. 항체를 만들어 내는 과정과 비슷하다. 몸에 의도적으로 바이러스를 주입해서 저항하게 만들고 그것을 반복해서 바이러스에 대한 항체를 만들어 내는 과정. 삶이 괴롭다는 것은 그만큼 강한 면역 체계를 만드는 과정에 있다는 뜻이다. 끝내 이겨 내는 사람은 성장할 것이고 과거와는 다른 오늘을 살게 된다.

바람이 불지 않을 때
바람개비를 돌리는 방법은
앞으로 달려가는 것이다

_ 데일 카네기 *Dale Breckenridge Carnegie*

일상을
잘 살아 내는
연습

　　일을 잘하는 사람 이전에 일상을 잘 살아 내는 사람이 되고 싶다. 규칙적으로 일어나기, 틈틈이 운동하기, 가족들에게 전화하기, 식사 거르지 않기, 햇살 쬐며 산책하기, 영양제 챙겨 먹기, 좋은 사람들과 만나기…. 차갑지도 뜨겁지도 않은, 이 미지근한 온도의 일들을 더 사랑해 주어야지. 빛의 밝기를 럭스라고 한다면 우리는 과연 몇 럭스의 일상을 살고 있을까? 삶 곳곳에 촛불을 켜듯이 아주 작고 하찮은 일상까지 애정을 주어야겠다. 조금 더 밝아진 삶에서 우리는 한 뼘씩 행복해질 테니까.

쉬지 않는
나태함

　금요일, 일이 끝나기 30분 전부터 어질러진 책상을 말끔히 정리한다. 바로 출발할 수 있도록 차에 시동을 미리 걸어 두고, 짐을 챙겨 나오는 길에 배달 음식을 주문해 놓는 건 센스다. 그러면 집에 도착할 때쯤 딱 맞춰서 음식이 도착한다. 한 주 동안 고생한 자신을 위로하며 저녁 식사로 트랜스 지방과 탄수화물을 충분히 섭취한다. 식사 후 이어지는 일정은 방 청소와 넷플릭스 보기다. 적당히 쉬다가 피로가 느껴지면 암막 커튼을 치고 일찍 잠에 들 예정. 다음 날 오후는 늘어지게 자야 하니까 알람은 모두 꺼둔다. Work hard, Play hard. 참 좋은 말인데, 나는 이 말에 한 가지만 더 이어 붙이고 싶다. Work hard, Play hard and Relax hard. 열심히 일하고, 열심히 놀고, 열심히 쉬어라! 무언가 해야 한다는 강박에서 벗어나려는 것은 게으름이 아니라 보살핌이다. 스스로에게 제대로 쉴 수 있

는 시간을 주지 않는 것이야말로 게으른 것이지. 자기 자신
을 좀 더 보살펴 주자. 생각해 보면 그리 어려운 일도 아니
니까.

지친 줄도 모르고 지쳐 가고 있다면

쓸모없고도
반짝이는

녹초가 된 몸을 이끌고 집으로 돌아가는 길이었
다. 지옥철이라는 이름에 걸맞게 열차 안은 사람들로 빼
곡했다. 나는 운이 좋게도 자리에 앉은 채로 타고 있었는
데 순간 무방비 상태로 웃음이 작게 새어 나갔다. 크크큭.
난데없이 며칠 전 고깃집에 갔을 때 친구에게 했던 농담이
갑자기 떠오른 탓이다.

콜라 하나 시킬까 우리? 사실 이 질문부터 모든 게 설계
였다. 그래, 라는 대답이 돌아왔을 때 벨을 눌러 식당 이모
를 불렀다. 이모! 사이다 하나 주세요!

류는 정말 어처구니없다는 듯 웃었다. 야, 너 콜라 시킨
다며?

나도 웃으며 대답했다. 벨 누르는 동안 마음이 바뀐 거

야.

심신이 지쳐 있어서 그랬는지 별것도 아닌 이야기가 뭉클하게 느껴졌다. 이토록 쓸데없는 기억이 문득 나를 웃게 하는 건 어떤 연유일까. 의자를 세게 흔들다가 꽈당 넘어지는 바람에 박장대소했던 일도, 봉지 과자를 뜯다가 와락 쏟아 버려서 허탈하게 껄껄거렸던 일도 가끔 생각날 때면 마음이 짠한 동시에 반짝인다.

어쩌면 그렇게 쓸모없고도 윤이 나는 순간들이 있어 우리가 살아가는 게 아닐까. 그 어느 기억들보다도 작고 사사롭지만 나는 이 빛나는 순간들을 껴안고 살아가련다. 언제든 다시 불러올 수 있게 여러 겹으로 접어 보관해 두어야겠다. 지치고 고단한 어느 날 또 한 번 무방비 상태로 웃을 수 있도록.

수집될 수
있는 것들

　　행복은 멀리 있는 게 아냐. 아주 아주 멀리 있는
거야. 수와 나는 이런 말을 장난삼아 하곤 했다. 우린 항상
달려가느라 지쳐 있었으니까. 그래도 먹는 행복만큼은 늘
가까이에 있는지라 우리는 자주 치킨을 시켜 먹었다. 나는
닭 날개를 선호하는 사람을 좋아했는데 순리대로라면 나
눠 먹어야 할 닭 다리가 모두 내 차지가 되기 때문이었다.
나중에는 닭 다리만으로 구성된 메뉴가 생기면서 나눠 먹
어야 할 고민도 없어졌다. 그 메뉴가 처음 런칭됐을 때는
너무 좋아서 며칠 동안 연달아 시켜 먹기도 했다. 요즘 '진
짜'를 줄여서 '찐'이라고들 하는데 그것이야말로 찐 행복이
었다. 손 닿을 거리의 실체를 가진 행복. 멀리 있어서 무용
한 것들은 제쳐 두고 지금 당장 획득할 수 있는 행복에 집
중하련다. 그리 길지 않은 인생에서 우린 그때그때 최선을
다해 행복해야 하니까.

가령 예쁜
돌멩이를
줍는다든가

자주 웃기 위해서는 미세한 행복거리들을 만들면 된다. 가령 예쁜 돌멩이를 줍는다든가 햇살이 부시는 날 창문을 활짝 여는 일. 평소에 보기 힘들었던 친구들을 만나는 것도 좋겠다. 마음만 먹으면 얼마든지 할 수 있고 시간과 장소에 구애받지도 않는다. 성취에는 노력이 필요하지만 순간순간 행복을 챙기는 건 오로지 선택의 문제라는 것. 이에 대해 미국의 소설가였던 에드가는 조언했다. 걱정거리를 두고 웃는 법을 배우지 못하면 나이가 들었을 때 웃을 일이 전혀 없을 거라고. 당신도 내가 처음 그의 문장을 읽었을 때와 같이 흠칫, 했기를 바란다. 행복은 바로 그곳에 있다.

세상은 아름답고
우리에겐
시간이 있어

사소한 것들에도 곧잘 생동하는 마음을 가진 사람을 만난 적 있다. 하늘이 너무 예쁘다며 걷는 내내 웃거나 귀여운 고양이를 보고 어쩔 줄 몰라 하는 모습을 볼 때 나는 일종의 흐뭇함을 느꼈다. 창살로 스며드는 햇살만으로 기분이 좋아지고 바구니에 담긴 귤을 까먹으며 충분히 다복하다 느끼는 사람. 어쩌면 대가를 바라지 않는 것들을 사랑하는 일이 그 어떤 사랑보다도 투명하지 않을까. 되도록 좋은 것을 보고 좋은 감정을 느끼면서 작은 것에도 감사할 줄 아는 사람으로 살고 싶다. 그것도 능력이어서 태생적으로 타고나는 사람이 있는 반면에 나처럼 학습과 노력이 필요한 사람도 있으니, 후자라면 시간을 들여 애써 볼 일이다. 아름다움을 볼 줄 아는 맑은 눈을 가진다면 삶의 톤은 훨씬 더 밝아질 테니까.

인생을 살아가는 데는 오직
두 가지 방법밖에 없다.
하나는 아무것도 기적이 아닌 것처럼
다른 하나는 모든 것이 기적인 것처럼
살아가는 것이다

_ 알버트 아인슈타인 *Albert Einstein*

과거를
바라보는
방

아프리카 중부의 어느 부족은 우울증에 걸리면
다음 네 가지를 물어본다고 한다.

마지막으로 노래한 것이 언제인가?
마지막으로 춤춘 것이 언제인가?
마지막으로 자신의 이야기를 한 것이 언제인가?
마지막으로 고요히 앉아 있었던 것이 언제인가?

만약 이것들을 한 지 오래되었다면 몸과 정신이 병들 수
밖에 없다는 것이다. 그래서 부족의 치료사는 한시바삐 이
네 가지를 수행하라고 권유한다. 비록 수천 킬로 떨어진 대
륙의 이야기지만 우리에게도 좋은 처방이 될 것 같다.

속도에 숨 막히면서도 서둘러 달려와야만 했던 세월이
아득하고, 스스로에게 소홀했다는 미안함도 든다. 노래하

고 춤추고, 때로 속마음을 터놓기도 하면서 가만히 앉아 사유하는 일. 우연히 듣게 된 아프리카 부족의 이야기를 붕대 삼아 또 하루를 건너가 보련다.

다만 위의 네 가지 질문에 딱 하나만 더 얹고 싶다. 마지막으로 숨이 차도록 웃어 본 것이 언제인가? 어, 언제였지? 잘 기억나지 않는다. 잠시 눈을 감고 질문을 던져 보면 삶이 얼마나 황폐한 채로 방치되어 있었는지 다시금 깨닫게 된다.

무엇을
위해
태어났지?

    2+2의 답은 뭘까? 모두가 동시에 4라고 대답할 것
이다. 너무 간단한 산수라 고민할 것도 없다. 그런데 삶은
그렇게 단순하지가 않다. 2+2의 답을 구하기 위해 출발했
는데 뜬금없이 5라는 숫자를 만난다. 2+2=5? 이렇게 되면
우변에서 1을 마저 빼 주어야 한다. 5라는 난관을 만났지
만 답을 잘 찾아냈다. 참 잘했다. 그런데 살다 보면 57이라
든가 369985 같이 터무니없는 숫자도 만나게 된다. 그만큼
막막한 상황을 마주할 수밖에 없는 게 인생이려나? 그래도
시간을 들여 침착하게 고민하면 반드시 답을 찾아낼 수 있
다. 또 누가 그러더라. 2+2는 그냥 귀요미라고. 나는 그것
도 신박하고 좋은 답이라 생각한다. 한 번 사는 인생인데
누구보다 열렬히 그러나 농담처럼 살아가자. 대신 타인이
제시하는 답에 따라 사는 게 아니라 직접 풀이해 보는 게

좋겠다. 우린 오직 스스로의 삶을 살기 위해 이 세상에 온 것이니까.

Epilogue

　원시 시대에서는 다리가 부러지면 그것은 곧 죽음을 의미했다. 부러진 다리로는 자기 몸을 지킬 수도, 먹이를 구할 수도 없기 때문이다. 실제로 야만인들이 살던 곳에서는 활에 찔린 관자놀이나 깨진 두골 유적을 흔히 발견할 수 있다고 한다.

　이를 두고 인류학자 마거릿 미드는 말했다. 인류 문명이 시작된 증거는 '부러졌다 치유된 대퇴골'이라고. 부러졌다 치유된 흔적은 반드시 누군가 함께 있으면서 간호했다는 뜻이다. 치고받고 싸우기만 하던 야만 사회에서는 그런 치유의 자취를 전혀 찾아볼 수 없다고 한다.

　현대는 무한 경쟁 시대다. 무기를 들고 있지 않을 뿐 우리는 현실 속에서 끊임없이 싸운다. 물론 아무리 치열하다 해도 두골이 깨질 일은 없겠지만, 그 과정에서 크게 마음 다치는 일이 얼마나 흔한지 생각해 보면 원시 시대와 별반 다른 것도 없어 보인다.

함께 상처를 돌보고 치료해 주었던 원시 사람들처럼 내가 현대인으로서 해야 하는 일도 치유의 흔적을 남기는 일이 아닐까? 만약 할 수만 있다면 글의 힘을 빌려 이뤄내고 싶다. 세상의 가장 아래에서 크나큰 상처를 입고 살아가는 이들에게 나의 마음을 찬찬히 등기한다.

지친 줄도 모르고 지쳐 가고 있다면

1판 1쇄 발행 2021년 03월 29일
1판 2쇄 발행 2021년 04월 08일

지 은 이 김 준

발 행 인 정영욱
기획편집 정영주 유지수

펴낸곳 (주)부크럼
전 화 070-5138-9971~3 (도서기획제작팀)
홈페이지 www.bookrum.co.kr
이메일 editor@bookrum.co.kr
인스타그램 @bookrum.official
블로그 blog.naver.com/s2mfairy
포스트 post.naver.com/s2mfairy

ⓒ 김 준, 2021
ISBN 979-11-6214-355-1 (03800)